KJB

David Levithan, lebt in Hoboken, New Jersey, USA, und ist Verleger eines der größten Kinder- und Jugendbuchverlage in den USA sowie Autor zahlreicher erfolgreicher Jugendbücher, von denen er viele zusammen mit anderen renommierten Autor*innen geschrieben hat, darunter John Green, Jennifer Niven und Rachel Cohn. Sein dieser Graphic Novel zugrunde liegender Roman *Letztendlich sind wir dem Universum egal* wurde 2015 von der Jugendjury mit dem Deutschen Jugendliteraturpreis ausgezeichnet.

Dion MBD, (kurz für Dionisius Mehaga Bangun Djayasaputra) ist ein indonesischer Illustrator und Designer, der abwechselnd in Brooklyn, New York, USA und Bandung, einem Ort im Südosten von Jakarta, Indonesien, lebt. Dion MBD studierte Illustration am Ringling College of Art and Design in Florida, USA, wo er eine Faszination für Wolken entwickelte. In seiner Freizeit liebt er es zu kochen, Musik von John Mayer zu hören oder die Wolken zu betrachten.

Weitere Informationen zum Kinder- und Jugendbuchprogramm der S. Fischer Verlage finden Sie unter *www.fischerverlage.de*

David Levithan

ILLUSTRIERT VON
Dion MBD

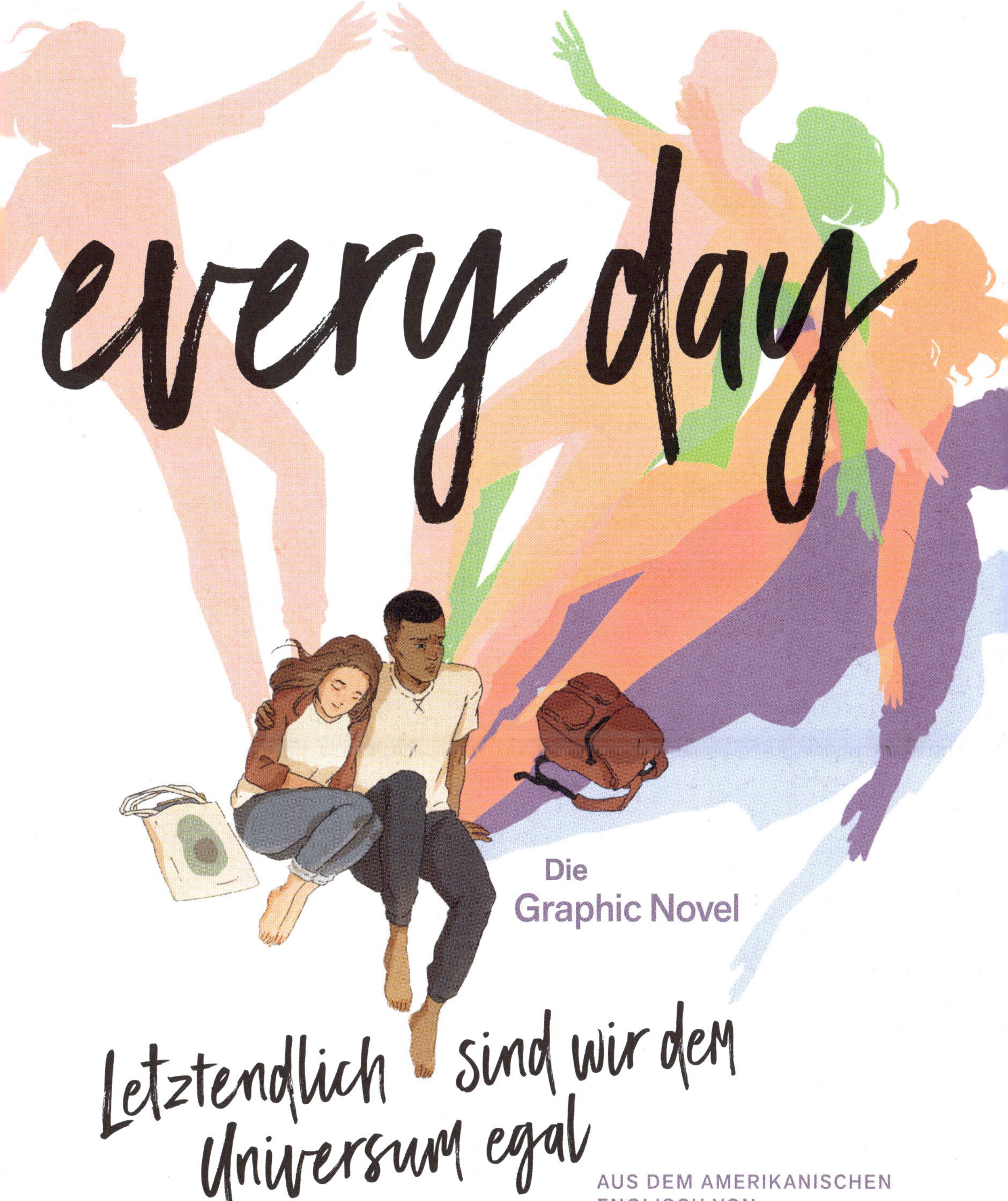

every day

Die Graphic Novel

Letztendlich sind wir dem Universum egal

AUS DEM AMERIKANISCHEN ENGLISCH VON
Martina Tichy

KJB

Der Fischer Kinder- und Jugendbuch Verlag hat sich
zu einer nachhaltigen Buchproduktion verpflichtet.
Gemeinsam mit unseren Partnern und Lieferanten setzen wir uns
für eine klimaneutrale Buchproduktion ein, die den Erwerb
von Klimazertifikaten zur Kompensation des CO_2-Ausstoßes einschließt.

Weitere Informationen finden Sie unter www.klimaneutralerverlag.de

Diese Graphic Novel basiert auf dem 2012 erschienenen Roman
Every Day von David Levithan, auf Deutsch erschienen 2014 unter dem Titel
Letztendlich sind wir dem Universum egal.

MIX
Papier | Fördert
gute Waldnutzung
FSC® C002795
FSC
www.fsc.org

Erschienen bei FISCHER KJB

Die amerikanische Originalausgabe erschien 2023
unter dem Titel *Every Day – The Graphic Novel* bei Alfred A. Knopf,
einem Imprint von Random House Children's Books,
einer Abteilung von Penguin Random House LLC, New York

Umschlaggestaltung: Buchgut Gestaltung für Verlage
unter Verwendung einer Illustration von Dion MBD
und nach einer Idee von Regina Flath
Umschlagabbildung: © 2023 by Dion MBD
Satz: Dahlhaus & Blommel Media Design, Vreden
Druck und Bindung: Livonia Print, Riga
Printed in Latvia
ISBN 978-3-7373-4376-3

Für Paige
(Möge dir jeder Tag Glück bringen)
–DL

Für Fanny,
die mich alle Formen und Gestalten annehmen lässt,
die mich zu mir selbst machen
–DMBD

Ich werde wach.

Und muss auf der Stelle herausfinden, wer ich bin. Welcher Körper, welches Leben.

Jeden Tag bin ich jemand anders. Ich bin ich – so viel weiß ich –

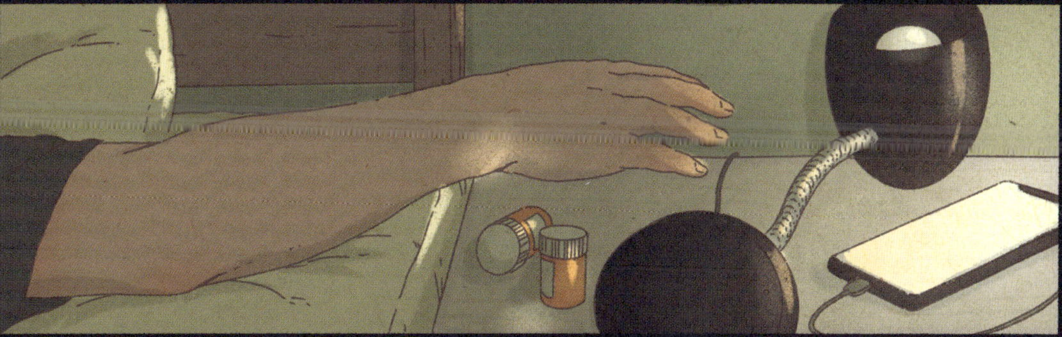

und zugleich jemand anders. Das war schon immer so.

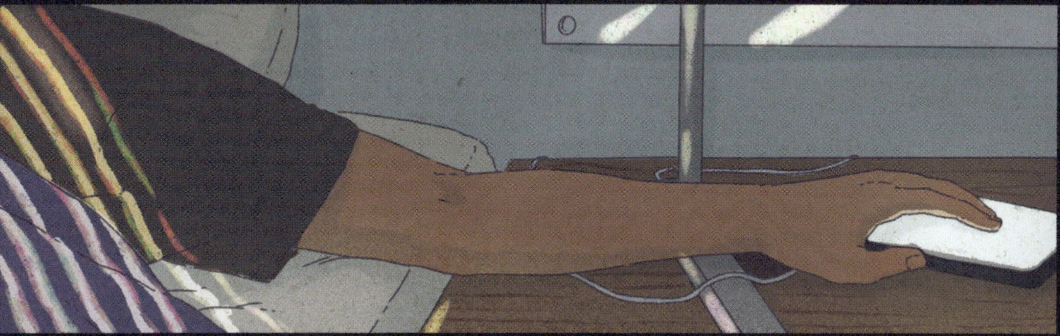

5994. Tag
Guten Morgen, Justin.

Hey.
Hey.
Alles okay mit dir?
Klar.
Bist du sauer auf mich?

Nein, ich bin absolut nicht sauer auf dich.
Bleibt's bei unserem Lunchtreff heute?
Auf jeden Fall. Fände ich super.
Können wir schon machen.

Schön, dass du nicht sauer auf mich bist. Ich will bloß, dass alles okay ist.
DRIIING
Bis später.

Hey!

Hey.
Fahren wir irgendwohin. Wo willst du hin?
Ich weiß nicht.
Komm.

Wo willst du hin? Ganz ehrlich?
Ans Meer. Fahr mit mir ans Meer.

Ich sollte jetzt in Englisch sein.
Und ich in Bio.
Lassen wir's uns einfach gutgehen.
Okay.
Ich denke so oft ans Ausbrechen - da ist es echt schön, mal auf der anderen Seite vom Fenster zu sein.

Komm her!
Ich bin nicht der, für den du mich hältst.
Komme!

Was ist?
Danke.
Wofür?

Für das hier. Für das alles.
Dass wir ausgebrochen sind. Für das Wasser. Für die Wellen. Für dich.
Es ist okay. Es ist okay, glücklich zu sein.
Ich bin glücklich, bin ich echt.

Was passiert hier?
Du spürst es also auch.
Ja.

Das sollten wir jeden Montag machen. Und Dienstag. Und Mittwoch.
Und Donnerstag, und Freitag, und am Wochenende.
Dann wäre es nichts Besonderes mehr. So was macht man am besten nur einmal.
Nie wieder?
Tja, man soll niemals nie sagen.

Auch wenn wir nicht jeden Tag ausbrechen können, lass uns doch morgen irgendwas machen, okay?
Ich denke schon. Wobei, ich weiß nicht genau, was sonst noch so ansteht. Hab grad was anderes im Kopf.
Ist schon gut. Morgen ist morgen. Lassen wir es heute einfach schön ausklingen.
Das ist der schöne Ausklang.

5995. Tag
Sag ja nichts.
Hör zu, auf deine Meinung kann ich verzichten, okay?

Benutzername
justi
Passwort
Passwort vergessen
Einloggen
Justin
Posteingang
From: Rhiannon
J–
ich kapier's einfach nicht. hab ich irgendwas falsch gemacht? gestern war es so perfekt, und heute bist du wieder so fies zu mir. wenn ich irgendwas falsch gemacht habe, dann sag's mir bitte, und ich mache es wieder gut. ich will, dass wir zusammen sind. ich will, dass alle unsere tage schön ausklingen. nicht so wie heute abend.
Von ganzem herzen,
r

5996. Tag
ZEIT BIS ZUM ZIEL:
4:32 Std.

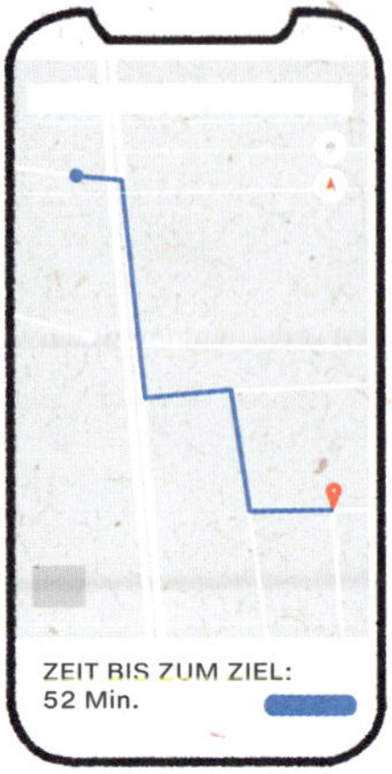

5997. Tag

Hey.
Hey.
Wunder dich nicht – wir kennen uns nicht. Es ist bloß – ich bin heute zum ersten Mal da.
Ich schau mir die Schule an. Und ich finde dein Shirt echt schön und deine Tasche auch.
Und da habe ich mir gedacht, ich spreche dich einfach mal an. Weil, ehrlich gesagt, bin ich gerade total allein.
Soll ich dich ins Sekretariat bringen?

Nein!
Meine Eltern wissen gar nicht, dass ich hier bin.
Sie haben mir bloß gesagt, dass wir hierherziehen, und da ...
... wollte ich es mir mal ansehen, damit ich weiß, ob es total grauenhaft ist oder nicht.
Du schwänzt die Schule, um die Schule zu checken?
Okay, komm mit. Mal sehen, was sich da machen lässt.

Also, von der Location her ist es nicht schlecht.
Wie weit ist es von hier bis zum Meer?
Ist ja lustig, dass du das fragst. Wir waren grad neulich erst da. Mit dem Auto braucht man so ungefähr eine Stunde.
Und, war's schön?
Superschön.
Hä?

Was fandest du am besten?
Weiß ich nicht mehr, okay?
Es war echt total schön.

ETWAS SPÄTER
Bringst du mich noch zum Auto?
Macht, was ihr wollt.
Erzähl mir etwas, was sonst niemand über dich weiß.
Hä?
Darum bitte ich alle. Um sie in Erinnerung zu behalten.
Mit zehn habe ich versucht, mir mit einer Nähnadel ein Ohrloch zu stechen.
Ich bin halb durchgekommen und dann in Ohnmacht gefallen. Es war sonst niemand zu Hause, also hat mich auch niemand gefunden.

Ich hab die Nadel rausgezogen, alles saubergemacht und es nie wieder versucht.
Erst mit vierzehn bin ich mit meiner Mom ins Einkaufszentrum und habe mir richtige Ohrlöcher stechen lassen. Sie hatte keine Ahnung. Was ist mit dir?
Ich habe mit acht meiner Schwester Forever von Judy Blume geklaut. Ich dachte, wenn es von der Autorin von Futsch ist, muss es gut sein.
Na ja, mir war dann bald klar, warum sie es unter ihrem Bett versteckt hatte.
HUUUP!
Okay, ich muss los. Hoffentlich sehen wir uns nächstes Jahr hier.
HUUUP! HUUUP!
War echt schön, dich kennenzulernen.
Ich fand's auch echt schön, dich kennenzulernen.

5998. Tag

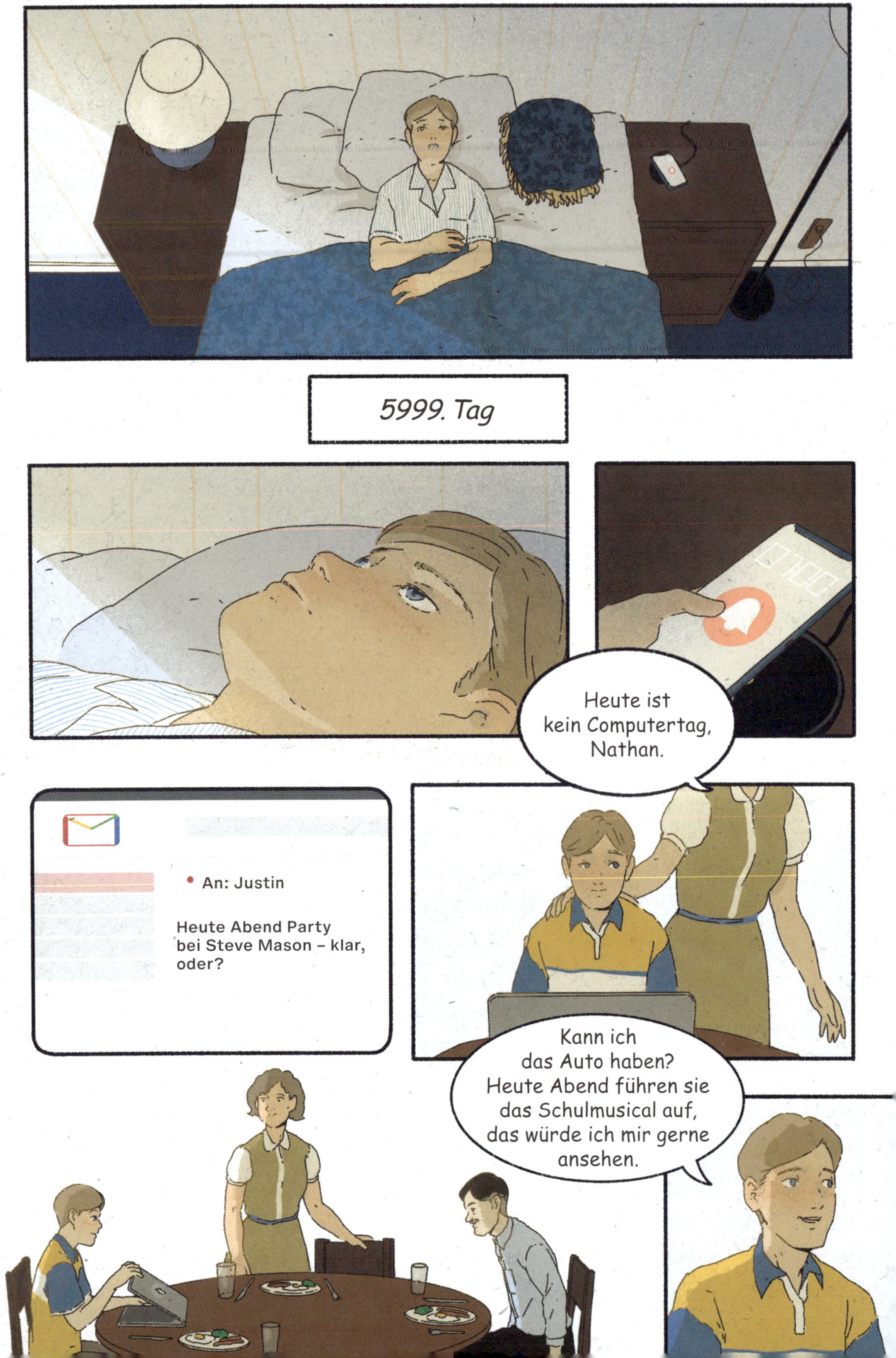

5999. Tag
Heute ist kein Computertag, Nathan.
An: Justin
Heute Abend Party bei Steve Mason – klar, oder?
Kann ich das Auto haben? Heute Abend führen sie das Schulmusical auf, das würde ich mir gerne ansehen.

Ein Musical?
Ja, es geht um Religion.
Wenn du deine Aufgaben erledigt hast.
AM ABEND
Punkt Mitternacht bist du wieder zu Hause.

Playlist
Ich liebe diesen Song.

Der eignet sich super zum Mitsingen, wenn man richtig schnell fährt.
Kenne ich dich?
Ich bin Nathan.
Ich bin Rhiannon.
Das ist ein schöner Name.
Danke. Früher fand ich ihn scheußlich, weil er so schwer zu buchstabieren ist, aber jetzt geht es.
Gehst du auch auf die Octavian?
Nein, ich besuche bloß meinen Cousin Steve.
Ich fasse es nicht, dass er und Stephanie wieder zusammen sind. Das ist ungefähr die fünfte Versöhnung in zwei Jahren.
Ich meine, mit jemandem mehr als ein Jahr zusammen zu sein, kann bedeuten, dass man ihn liebt … oder dass man in etwas feststeckt.
Feststeckt?

Es gibt vieles, was dich an einer Beziehung festhalten lässt. Furcht vorm Alleinsein. Angst, dein Leben über den Haufen zu werfen.
Der Entschluss, dich mit etwas zu begnügen, das okay ist, weil du nicht weißt, ob es noch besser werden kann.
Oder vielleicht auch gegen alle Vernunft zu glauben, dass es schon noch besser werden wird, obwohl du weißt, dass er sich nicht ändern wird.
Sprichst du aus Erfahrung?
Eher aus dem, was ich beobachte. Bist du mit jemandem zusammen?
Ja. Seit mehr als einem Jahr.

Und warum seid ihr immer noch zusammen? Angst vorm Alleinsein? Beschluss, sich zu begnügen? Glaube gegen alle Vernunft, dass er sich ändern wird?
Ja. Ja. Und ja. Aber er kann auch unglaublich süß sein. Und ich weiß, dass ich ihm ganz tief drinnen alles bedeute.
Ganz tief drinnen? Das klingt für mich nach Sich-Begnügen. Man sollte nicht ganz tief tauchen müssen, um Liebe zu finden.
Reden wir über was anderes. Hast du Lust zu tanzen?
Klar.
Dann ab in den Keller.

Du bist gar
nicht schlecht!
Du bist
der Hammer!

ALLE RAUS HIER! EIN NACHBAR HAT DIE BULLEN GERUFEN!
Ich muss nachschauen, wo Justin ist. Kommst du klar?
Nein. Erst wenn du mit mir dahingehst, wo ich als Nächstes hingehe.
Können wir E-Mail-Adressen austauschen?
Klar.
00:00

6000. Tag

Hi Rhiannon,

wollte nur sagen, dass ich es echt schön fand, dich kennenzulernen und gestern Abend mit dir zu tanzen. Tut mir leid, dass die Polizei dazwischengekommen ist. Bitte lass von dir hören.

N.

Senden
Posteingang
Wichtig
Daldry, Nathan
Cameron, Me 2
Merkel, Jess
Wong, Stephanie
WARNUNG: AN DENJENIGEN, DER DIESE EMAIL-ADRESSE AUF MEINEM COMPUTER OFFEN GELASSEN HAT
Ich weiß nicht, wer du bist und was du gestern mit mir angestellt hast, aber das eine sage ich dir, du kommst nicht ungeschoren davon. Ich lasse es mir nicht gefallen, dass du von mir Besitz ergreifst oder mein Leben zerstörst. Ich werde keine Ruhe geben. Ich weiß, was geschehen ist, und dass du irgendwie dafür verantwortlich bist. Bleib mir vom Hals. Niste dich nicht bei mir ein.
Ist alles okay?
Ja, klar.

6001. Tag
Von: Rhiannon
Nathan!
Ich fand's auch echt toll, mit dir zu reden und zu tanzen. Wie konnte die Polizei es wagen, uns dazwischenzufunken!
Ich hätte nie gedacht, dass ich so was sage, aber ich hoffe, Steve macht bald wieder eine Party. Und sei es nur, damit du ihr böses Ende mitansehen kannst.
Liebe Grüße, Rhiannon
Octavian High School
ZEIT BIS ZUM ZIEL:
3:44 Std.
Nathan Daldry

THE CRIER
DER TEUFEL HAT IHN GERITTEN
Von der Polizei aufgegriffener Junge angeblich von Dämon besessen
Die Polizeibeamten, die den 16-jährigen Nathan Daldry am frühen Sonntagmorgen im Auto schlafend aufgriffen, bekamen eine erstaunliche Geschichte zu hören. Die meisten Teenager hätten ihren Zustand wohl mit Alkoholkonsum erklärt, Daldry hingegen behauptete, er müsse von einem Dämon besessen gewesen sein.
»Es war, als würde ich schlafwandeln«, erklärte er gegenüber dem *Crier*. »Den ganzen Tag hatte da etwas die Herrschaft über mich. Es hat mich dazu gebracht, meine Eltern anzulügen und zu einer Party in einem Ort zu fahren, wo ich noch nie gewesen bin. An die Einzelheiten erinnere ich mich nicht mehr so richtig. Ich weiß nur, dass das nicht ich war.«

Da bist du ja!
Stimmt irgendwas nicht?
Ich glaube, ich kriege eine Erkältung. Lassen wir es heute locker angehen.
ÜBERRASCHUNGS-TEST!

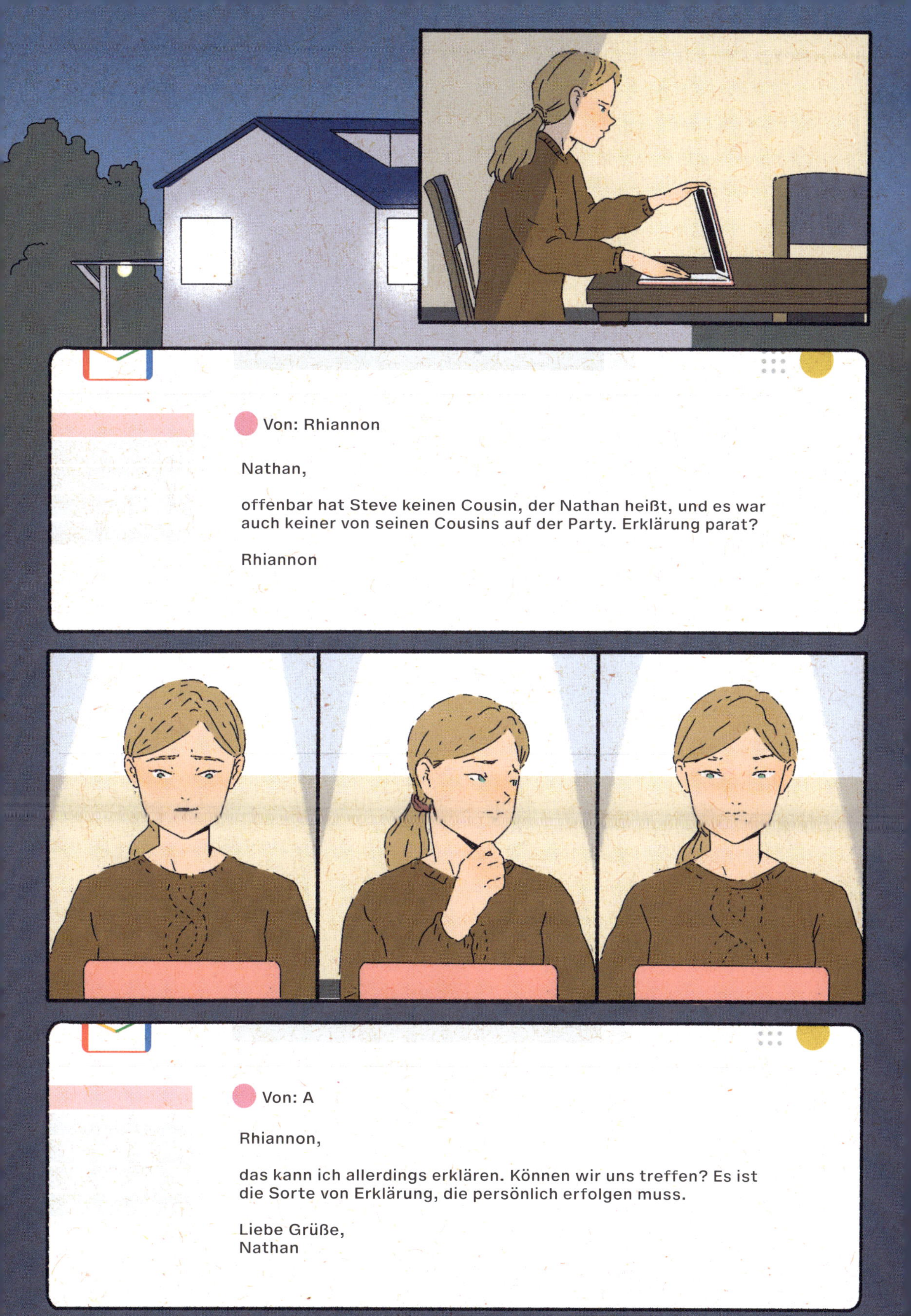

Von: Rhiannon
Nathan,
offenbar hat Steve keinen Cousin, der Nathan heißt, und es war auch keiner von seinen Cousins auf der Party. Erklärung parat?
Rhiannon
Von: A
Rhiannon,
das kann ich allerdings erklären. Können wir uns treffen? Es ist die Sorte von Erklärung, die persönlich erfolgen muss.
Liebe Grüße,
Nathan

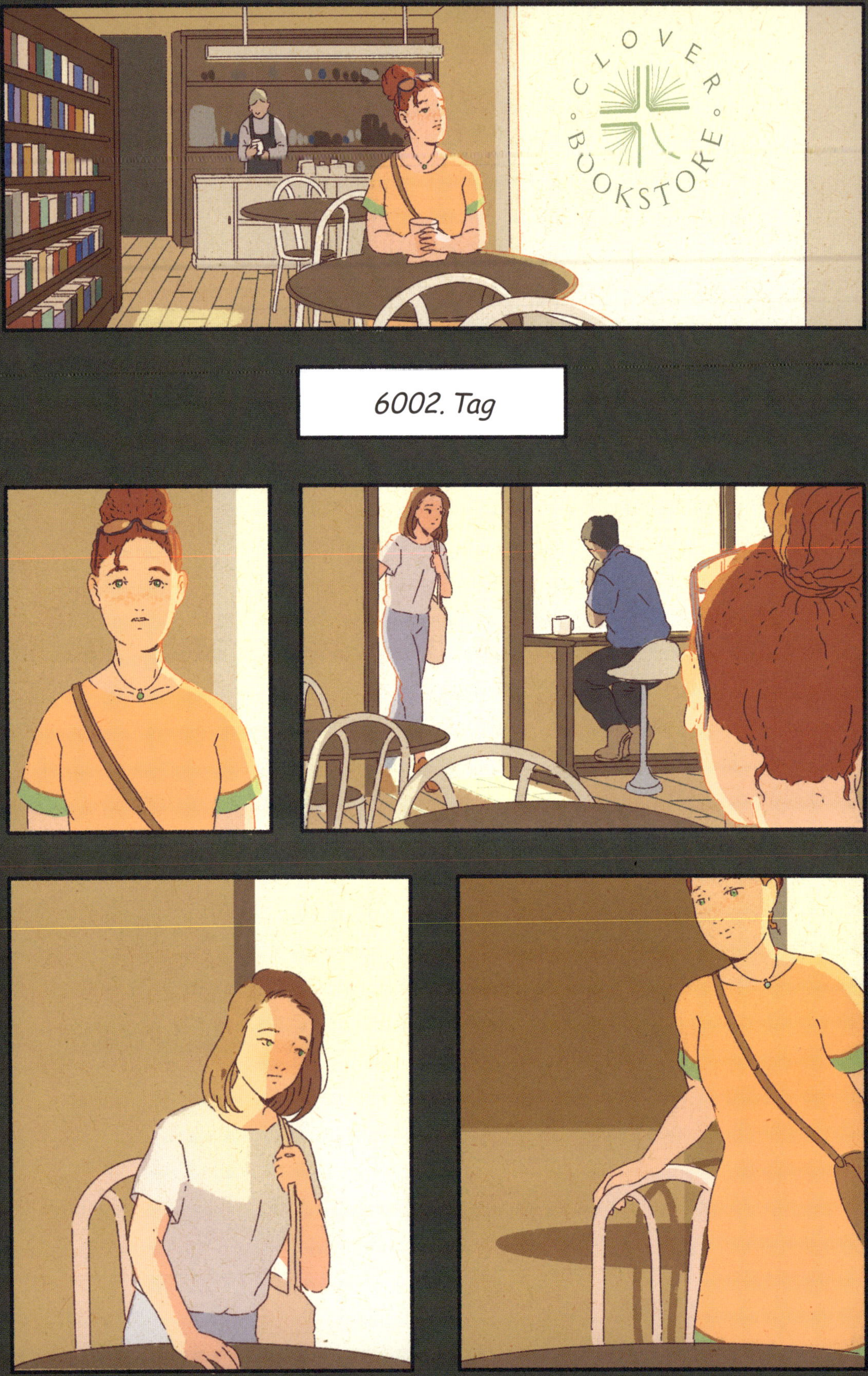
CLOVER BOOKSTORE
6002. Tag

Sorry – der Platz ist besetzt.
Ist schon okay. Nathan schickt mich.
Er hat dich geschickt? Wo ist er denn?
Rhiannon?
Ja?

Ich muss dir etwas erzählen.
Es wird sehr, sehr seltsam klingen. Aber bitte nimm es ernst.
Es wird dir unglaublich vorkommen, das weiß ich, aber es ist die Wahrheit. Verstehst du?
Ich wache jeden Morgen in einem anderen Körper auf. Seit meiner Geburt ist das so.
Heute Morgen bin ich als Megan Powell aufgewacht, die siehst du jetzt vor dir.
Vor drei Tagen war ich Nathan Daldry.

Zwei Tage davor war ich Amy Tran, die an deiner Schule zu Besuch war und den Tag mit dir verbracht hat.
Und letzten Montag war ich Justin, dein Freund.
Du dachtest, du wärst mit ihm ans Meer gefahren, aber in Wirklichkeit war das ich.
Da haben wir uns kennengelernt, und seitdem gehst du mir nicht mehr aus dem Kopf.
Du willst mich auf den Arm nehmen, oder?
Am Ende von unserem Tag am Strand hast du mich geküsst und gesagt: »Das ist der schöne Ausklang.«
Du hast Amy erzählt, mit zehn hättest du versucht, dir selber ein Ohrloch zu stechen.
Du hast mit Nathan im Keller getanzt, und er hat gesagt, ganz tief drinnen nach Liebe zu suchen reicht nicht.
Und jetzt stecke ich in diesem Körper und will dir die Wahrheit sagen, bevor ich wieder jemand anderes werde.

Ich finde, du bist etwas ganz Besonderes, und ich will ich selbst sein, wenn ich dich wieder treffe.
Hat Justin dich dazu angestiftet? Findest du das etwa komisch?
Wieso machst du das? Ich kenne dich doch gar nicht!
Nein, es ist nicht komisch. Ich weiß, wie verrückt es klingt. Aber ich schwöre dir, es ist wahr.
Hör zu. Bitte. Im Grunde weißt du, dass an dem Tag nicht Justin bei dir war.
Er hat sich nicht benommen wie Justin, hat Dinge gemacht, die Justin nicht macht. Weil das nämlich ich war.
Ich hatte das nicht geplant. Aber es ist nun mal passiert, und ich kann es nicht ungeschehen machen.
Mein ganzes Leben ist bisher so abgelaufen, und du hast in mir den Wunsch geweckt, es könnte Schluss damit sein.

Aber wieso ich? Das leuchtet mir nicht ein.
Weil du nett zu einem x-beliebigen Mädchen warst, das einfach so in deiner Schule aufkreuzt. Weil du auch auf der anderen Seite vom Fenster sein willst.
Weil es sich beim Tanzen mit dir angefühlt hat, als ginge ein Feuerwerk los. Und als ich am Strand neben dir lag, war alles in mir vollkommen ruhig.
Es reicht! Okay?! Ich glaube, ich kapiere, was du da sagst, obwohl es total blödsinnig klingt.
Du weißt, dass das an dem Tag nicht er war, oder?
ICH WEISS ÜBERHAUPT NICHTS!
Keine Ahnung. Wirklich nicht.

Es ist ein Riesenbrocken, das weiß ich, glaub mir.
Das ist doch nicht möglich.
Doch. Ich bin der Beweis. Das ist kein Witz. Es ist mein Leben.
Wie heißt du?
Heute heiße ich Megan Powell.
Nein. Ich meine deinen richtigen Namen.
A.
Einfach nur A?
Einfach nur A. Das habe ich mir ausgedacht, als ich noch ganz klein war. So konnte ich ganz bleiben, auch wenn ich von einem Körper und einem Leben zum anderen wechselte. Ich brauchte etwas Reines. Deshalb bin ich auf A verfallen.

Wie findest du meinen Namen?
Das habe ich dir neulich abends schon gesagt. Mir gefällt er, auch wenn du ihn früher schwer zu buchstabieren fandest.
Wir treffen uns wieder hier, um die gleiche Zeit. Dann weiß ich mehr, oder?
Okay. Morgen. Ich gebe dir morgen.
Danke.
Danke mir erst, wenn ich komme. Das ist alles echt verwirrend.
Ich weiß.
Irgendwie hatte ich tatsächlich das Gefühl, als wäre das nicht er, an dem Tag. Und seitdem ist es so, als wäre er nicht dabei gewesen. Er erinnert sich nicht daran. Dafür gibt es sicher eine Million Erklärungen, aber so ist es. Also … morgen.
Morgen.

6003. Tag
LOS, ALLE AUFSTEHEN!
Von: Rhiannon
A,
ich möchte dir gern glauben, aber ich weiß nicht, wie.
Rhiannon

Von: A
Rhiannon,
du musst nicht wissen, wie. Entscheide dich einfach dafür, dann wird es schon.
Ich bin heute in Laurel, mit dem Auto mehr als eine Stunde von dir weg. Ich stecke im Körper eines Footballspielers namens James. Ich weiß, wie seltsam das klingt. Aber wie alles andere, was ich dir erzählt habe, ist es die Wahrheit.
Liebe Grüße,
A
Liebe Grüße,
A
Senden
In Laurel gibt es ein Starbucks.
Es heißt ja, dass in einem Starbucks nie etwas Schlimmes geschieht.
Bin um halb fünf da.

Diese Arbeit ist unter aller Kanone. Hast du überhaupt die Fragen gelesen?
Ich weiß nicht, was in mich gefahren ist. Ich muss vom Teufel besessen gewesen sein!
Ja, und von sieben Dosen Bier.
Hey, hast du von dem Typen in Monroeville gehört, der sagt, er wäre vom Teufel besessen gewesen?
Mann, Alter, darüber haben wir gestern erst geredet.
Ja, klar, aber gab's da heute noch was Neues?
Was soll's da groß Neues geben? Der Kleine spinnt sich was zusammen, und jetzt machen die religiösen Spinner ein Riesending daraus. Der tut mir fast schon leid.
Das klingt gar nicht gut.

AM NACHMITTAG
Als Erstes will ich mir alle Anrufe und SMS auf deinem Handy ansehen. Wenn das hier kein großer Witz ist, hast du ja nichts zu verbergen.
Und jetzt frage ich dich aus. Wie heißt Steves Freundin?
Stephanie.

In welchen Kurs habe ich dich als Erstes mitgenommen, als ich dir die Schule gezeigt hab?
Chemie.
Und was hattest du an?
Schwarze Bluse, weißer Rock, Stiefel und Halsband.
Also entweder bist du ein begnadeter Lügner, oder du wechselst täglich den Körper. Keine Ahnung, was von beidem stimmt.
Du sagst also, du bist schon von Geburt an so?
Ja. In meiner Erinnerung war es nie anders.
Hat dich das nicht total durcheinander-gebracht?
Ich hab mich wohl daran gewöhnt. Anfangs habe ich bestimmt gedacht, dass jeder so lebt.
Ich meine, als Baby ist es einem ja ziemlich egal, wer sich um einen kümmert, solange es nur irgendwer tut.
Und als Kleinkind dachte ich, es wäre so was wie ein Spiel, und habe ganz von selbst gelernt, die Erinnerungen des Körpers abzufragen. So wusste ich immer, wie ich heiße und wo ich gerade bin.
Erst mit vier oder fünf ist mir so langsam klargeworden, dass ich anders bin, und erst mit neun oder zehn wollte ich unbedingt, dass es aufhört.

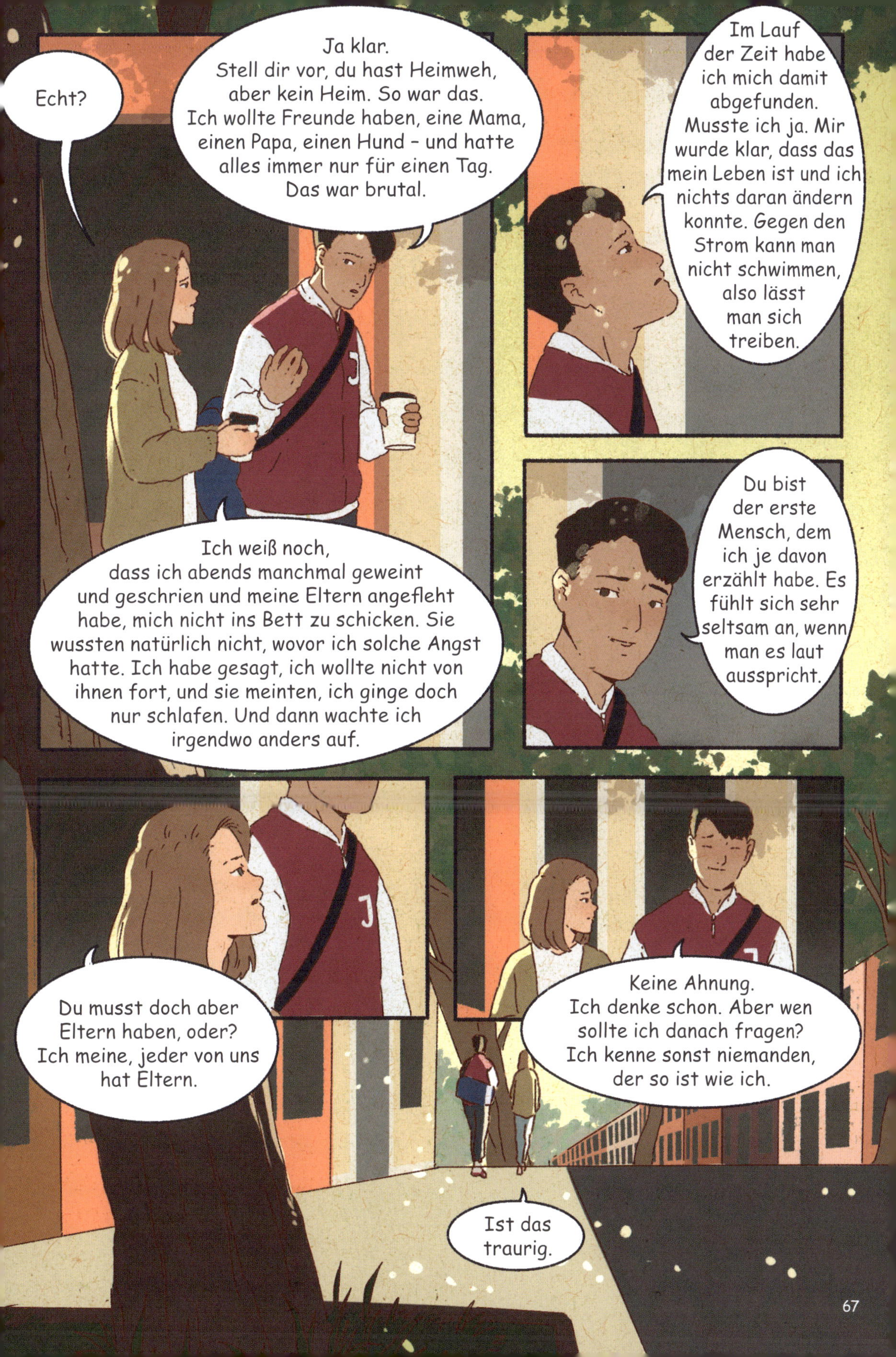
Echt?
Ja klar. Stell dir vor, du hast Heimweh, aber kein Heim. So war das. Ich wollte Freunde haben, eine Mama, einen Papa, einen Hund – und hatte alles immer nur für einen Tag. Das war brutal.
Ich weiß noch, dass ich abends manchmal geweint und geschrien und meine Eltern angefleht habe, mich nicht ins Bett zu schicken. Sie wussten natürlich nicht, wovor ich solche Angst hatte. Ich habe gesagt, ich wollte nicht von ihnen fort, und sie meinten, ich ginge doch nur schlafen. Und dann wachte ich irgendwo anders auf.
Im Lauf der Zeit habe ich mich damit abgefunden. Musste ich ja. Mir wurde klar, dass das mein Leben ist und ich nichts daran ändern konnte. Gegen den Strom kann man nicht schwimmen, also lässt man sich treiben.
Du bist der erste Mensch, dem ich je davon erzählt habe. Es fühlt sich sehr seltsam an, wenn man es laut ausspricht.
Du musst doch aber Eltern haben, oder? Ich meine, jeder von uns hat Eltern.
Keine Ahnung. Ich denke schon. Aber wen sollte ich danach fragen? Ich kenne sonst niemanden, der so ist wie ich.
Ist das traurig.

Ich weiß, es klingt furchtbar, so zu leben, aber ich habe auch schon viel erlebt. Wenn man nur in einem Körper steckt, ist es schwer zu begreifen, wie das Leben wirklich ist. Da ist man so fest in sich selbst verwurzelt.
Aber wenn du jeden Tag jemand anders bist, dann rührst du mehr an das Allgemeingültige. Selbst in den banalsten Einzelheiten: Kirschen schmecken jedem Menschen anders. Blau ist nicht gleich Blau. Du siehst die komischen Rituale, mit denen Jungs Zuneigung zeigen, ohne es offenkundig werden zu lassen.
Wenn deine Mutter oder dein Vater dir abends was vorlesen, heißt das, dass sie gute Eltern sind, weil du schon so viele andere Eltern erlebt hast, die sich keine Zeit dafür nehmen. Du lernst, wie viel ein Tag tatsächlich wert ist, weil sie alle so verschieden sind.
Wenn du die Leute fragst, was der Unterschied zwischen Montag und Dienstag war, erzählen die meisten, was es zum Abendessen gab. Ich nicht. Weil ich die Welt aus so vielen Blickwinkeln sehe, habe ich mehr Gespür für ihre Dimensionen.

Ist es nicht hart, in so vielen Menschen zu stecken?
Ich glaube, wir alle haben in unserem Leben 98 Prozent gemeinsam. Nur wegen dieser 98 Prozent komme ich durch mein Leben.
Aus irgendeinem Grund konzentrieren die Menschen sich gern auf die zwei Prozent, die sie unterscheiden. Daher rühren die meisten Konflikte in der Welt. Dabei haben wir doch so viel mehr gemeinsam.
Aber du erlebst nie etwas über einen längeren Zeitraum, oder? Du hast nie einen Freund gehabt, den du seit zehn Jahren wie deine Westentasche kennst. Du hast nie ein Haustier alt werden sehen.
Hast nie erlebt, wie katastrophal Elternliebe im Lauf der Zeit werden kann. Und hast nie eine Beziehung gehabt, die länger als einen Tag dauerte, geschweige denn mehr als ein Jahr.
Aber ich habe viel gesehen und beobachtet. Ich weiß, wie es läuft.
Wie willst du das von außen beurteilen?
Ich glaube, du unterschätzt, wie vorhersehbar manches in einer Beziehung ist. Die, in der du momentan bist? Da kann ich dir genau sagen, was läuft. Es ist nichts Besonderes.

Ich liebe ihn. Auch wenn du es nicht verstehst.
Ich habe ihn von innen gesehen. Ich weiß Bescheid.
Einen Tag. Du hast ihn *einen Tag* lang gesehen.
Und du hast einen Tag lang gesehen, wie er sein könnte. Du hast ihn mehr geliebt, als er ich war.
Nein. Nicht.
Ich habe einen Freund. Ich weiß, du magst ihn nicht, und manchmal mag ich ihn auch nicht. Aber so ist es nun mal.
Ich gebe zu, du hast mich überzeugt, dass ich dir mittlerweile in fünf verschiedenen Körpern begegnet bin. Damit bin ich vermutlich genau so verrückt wie du.

Aber hast du es an dem Tag nicht auch gespürt? Am Strand? Hat sich da nicht alles richtig angefühlt?
Ja. Aber ich weiß nicht, für wen ich diese Gefühle hatte. Selbst wenn du es warst, spielt meine Geschichte mit Justin mit hinein. Bei einem Wildfremden hätte ich nicht so empfunden.
Ich muss nach Hause, zum Abendessen.
Sehen wir uns wieder? Ich will es dir beweisen. Dir zeigen, was es wirklich bedeutet.
Was?
Zu lieben.

Nun erzähl uns, Nathan, was du letzten Samstag erlebt hast.
Nathan Daldry
TERVIEW: SCHÜLER VOM TEUFEL BESESSE
721.377 Aufrufe
Ich war besessen. Es gibt kein anderes Wort dafür. Ich hatte keine Kontrolle mehr über mich. Zum Glück lebe ich noch. Ich weiß, viele Leute denken, ich spinne. In der Schule machen sie sich ständig über mich lustig. Aber ich weiß, was abgelaufen ist. Und dass ich nicht der Einzige sein kann.
Wer immer sie war, ich hoffe, sie war es wert.
Was?
Alter, du bist doch nicht wegen dem Kaffee zu Starbucks.
Sie war es wert.

6004. Tag
Ey, Alter, was guckst du?
Versuch bloß, wach zu werden.

Na,
wie geht's?
Gut.
Danke der
Nachfrage.
Was hast du
gestern nach dem
Training noch so
gemacht?
Ich war
bei Starbucks.
Mit
wem?
Mit
niemand.
Ich wollte
einfach 'n
Kaffee,
okay?
Und mit wem
hast du mittags
gemailt?
Ich hab
bloß meine Mails
gecheckt.
Deine
eigenen?
Welche denn sonst?
Du stellst echt seltsame
Fragen, Alter. Stimmt's,
Paul?
Wenn ihr zwei quatscht,
klinke ich mich aus. Keine Ahnung,
was ihr da redet.

Von: A
Rhiannon,
heute würdest du mich tatsächlich wiedererkennen. Ich bin als James' Zwillingsbruder aufgewacht. Ich dachte, damit bekäme ich mehr Durchblick, aber bisher Fehlanzeige.
Ich möchte dich wiedersehen.
A
Von: Nathan Daldry
Du kannst mir nicht ewig aus dem Weg gehen. Ich will wissen, wer du bist und warum du das machst.
Sag's mir.
Von: Nathan Daldry
Du kannst mir nicht ewig aus dem Weg gehen. Ich will wissen, wer du bist und warum du das machst.
Sag's mir.
Von: A
Ich weiß, wer du bist, aus den Nachrichten. Das Ganze hat nichts mit mir zu tun – da hast du wohl was falsch verstanden.
Es kommt mir vor, als würdest du nicht alle Möglichkeiten in Betracht ziehen. Was du erlebt hast, war bestimmt ziemlich heftig. Aber dem Teufel die Schuld zu geben, ist keine Lösung.

Wie oft willst du eigentlich noch deine Mails checken? Wartest du auf irgendwas?
Ist nichts Wichtiges.
Wieso hast du mich gefragt, was ich gestern so gemacht habe?
Keine Ahnung. Du hast bloß ein bisschen ... daneben gewirkt.
An manches erinnere ich mich besser als an anderes. Aber das ist ganz normal, oder?
Man vergisst Sachen dermaßen leicht. Ein Wunder, dass wir überhaupt noch was im Gedächtnis haben.

6005. Tag

ab einen schönen Schultag.

Du bist echt
gut da drin.

Von: Rhiannon
Erzähl mir, wie dein Tag so läuft.
Rhiannon.
02:51
Von: A
Heute ist es hart. Manche meinen, psychische Erkrankungen hätten mit Stimmungen zu tun, wären eine Frage der Persönlichkeit. Sie glauben, Depression sei lediglich eine Form von Traurigkeit – etwas, worüber man bis zu einem gewissen Grad selbst entscheidet. Ich weiß, wie falsch das ist. Der Körper arbeitet gegen dich. Das macht dich noch verzweifelter und das Ungleichgewicht noch krasser. Man braucht enorme Kraft, um das auszuhalten. Wenn ich in eine Person geworfen werde, die sich damit herumschlägt, muss ich so stark sein wie sie und manchmal sogar noch stärker, weil ich weniger darauf vorbereitet bin. Das Mädchen heute ... in ihrem Kopf herrscht Unruhe, ständig prallen Worte und Überlegungen und Impulse aufeinander. Meine eigenen Gedanken haben Mühe, sich in diesem Getöse zu behaupten. Der Körper reagiert mit einem Schweißausbruch. Ich versuche ruhig zu bleiben, aber der Körper verschwört sich gegen mich, will mich unter Zerrbildern begraben.

Wie man sich umbringt
Beste Methode für Suizid
Am wenigsten schmerzhaft
Ich muss unbedingt sofort mit dir reden, R. Das Mädchen, in dessen Körper ich stecke, will sich umbringen. Das ist kein Witz.
DING-DONG!

Danke, dass du hergekommen bist.
Das ist ernst. Die Deadline, die sie sich gesetzt hat – das muss man ernst nehmen. Du musst sie aufhalten.
Wie denn? Und habe ich überhaupt das Recht dazu? Ich soll mich doch nirgends einmischen.
Also lässt du sie sterben? Weil du da nicht reingezogen werden willst? Das glaubst du doch selbst nicht. Sonst hättest du mich nicht um Hilfe gebeten.
Stimmt. Aber was soll ich tun?

Du musst es jemandem erzählen, der sich dann darum kümmert, dass sie Hilfe bekommt. Wann kommen ihre Eltern nach Hause?
Es gibt nur ihren Dad. Der kommt zum Abendessen. Aber ich bin mir nicht sicher, ob er zuhören wird.
Wenn er nicht zuhört, schnappst du dir seinen Autoschlüssel und fährst zu irgendeiner Freundin. Und wenn das auch nicht funktioniert, fährst du ins nächstbeste Krankenhaus. Nimm das Tagebuch mit.
Ich weiß nicht, ob ich das schaffe.
Das schaffst du. Ganz sicher.

ABENDESSEN!
Oh! Hab dich gar nicht da sitzen sehen.
Dad, wir müssen reden. Ich will mich umbringen.

Ich weiß,
du willst so was
nicht hören.
Aber es ist die
Wahrheit.
Was sagst
du da?
Ich brauche Hilfe.
Ich denke
immer wieder daran,
schon seit langem.

Kelsea ...
Wir müssen uns Hilfe holen. Morgen früh suchen wir eine Beratungsstelle, die samstags besetzt ist, und erkundigen uns, was zu tun ist.
Wahrscheinlich brauche ich Medikamente. Auf jeden Fall muss ich mit einem Arzt reden. Es geht schon so lange so.
Ich versteh nicht so ganz.
Egal. Wir müssen uns auf das konzentrieren, was jetzt anliegt. Ich bitte dich, mir Hilfe zu besorgen.
Heute Abend wird nichts passieren. Aber morgen musst du mich im Auge behalten. Wenn ich es mir anders überlege, musst du mich zwingen.
Kann sein, dass ich so tue, als hätte das ganze Gespräch hier nie stattgefunden. Dann besorg mir trotzdem Hilfe.
Okay.

6006. Tag
Hugo! Dies ist dein Neun-Uhr-Weckruf. Bin gleich da. Los, mach dich hübsch.
Von: Rhiannon
A,
ich hoffe, es ist gut gelaufen gestern. Ich hab vorhin bei ihr zu Hause angerufen, und es ist niemand rangegangen – meinst du, sie sind schon los und holen sich Hilfe? Ich nehme es mal als gutes Zeichen.
Ich bin heute mit Justin unterwegs, kann also deine Mails erst heute Abend checken. Schreib mir bis dahin.
R
HUP! HUP!

PRIDE PARADE!
HOMO-SEXUALITÄT IST DAS WERK DES TEUFELS
HOMO SEXUALIT IST DAS WERK DES TEUFEL
UFELS
Was hast du?
Nichts.

Na, wie findest du das?
Super.
Du hast ja nicht mal hingesehen.
Mir gefällt's!
Mir nicht.
Ich halte das nicht mehr aus.
Dieses Gespräch gerade?

Du bist den ganzen Tag noch kein einziges Mal richtig da gewesen. Du hast gesagt, du gibst der Beziehung noch eine Chance. Ich kann nicht der Einzige sein, der es versucht.
Austin, es tut mir leid.
Liebst du mich überhaupt?
Meine Gefühle haben sich nicht geändert. Ich bin heute bloß ein bisschen daneben. Es hat nichts mit dir zu tun.
Unser Jahrestag hat nichts mit mir zu tun?
Ich kann so nicht weitermachen, Hugo, das weißt du.
Machst du Schluss mit mir?
So habe ich mir das heute nicht vorgestellt. Aber du dir wahrscheinlich auch nicht.

Komm her.
Vielleicht morgen?
R

6007. Tag
Das ist doch wohl ein Witz.
Hä?
Na ja ... heute bist du diese megascharfe Braut. Ein bisschen was anderes als Nathan. Wie soll ich mir da ein geistiges Bild von dir machen?

Ich glaube, meine Phantasie braucht noch ein Weilchen, bis sie der Situation gewachsen ist, okay?
Sieh mich so, wie du mich sehen willst. Wahrscheinlich kommt das der Wahrheit näher als jeder Körper, in dem du mich siehst.
Am Meer waren wir ja schon, da hab ich mir gedacht, heute fahren wir mal in den Wald.
Ich hab noch mal bei Kelsea angerufen. Diesmal ist ihr Vater drangegangen. Ich hab gesagt, ich wäre eine Freundin von Kelsea, und er hat gesagt, sie wäre für eine Weile weg, um ein paar Dinge anzugehen. Das ist doch ein gutes Zeichen, oder?
Glaube ich auch.

Ich muss wissen, was du willst.
Ich will mit dir zusammen sein.
Aber das geht nicht. Das ist dir doch klar, oder?
Nein. Ist es nicht.
Das muss dir aber klar sein. Wir können uns mögen. Aber wir können nicht zusammen sein.

Weil du eines Morgens am anderen Ende des Landes aufwachen könntest. Weil ich bei jedem Treffen das Gefühl habe, einem völlig neuen Menschen zu begegnen. Weil du nicht für mich da sein kannst.
Warum nicht?
Und dann muss ich auch noch an Justin denken.
Nein, musst du nicht.
Wie viele wache Stunden warst du in ihm drin? Hast du da wirklich alles über ihn in Erfahrung gebracht?
Und alles über mich?
Du magst ihn, weil er so verloren wirkt. Das habe ich schon anderswo erlebt. Und weißt du, was mit Mädchen passiert, die verloren wirkende Jungs lieben? Sie verlieren sich selbst. Hundert pro.
Du kennst mich doch gar nicht –
Aber ich weiß, wie das läuft! Ich weiß, wie er tickt. Ihm liegt längst nicht so viel an dir wie dir an ihm.
Er macht sich nicht halb so viel aus dir wie ich.

Was wäre wohl, wenn er mich in diesem Körper sähe? Wenn wir zu dritt ausgingen? Wie viel Aufmerksamkeit würdest du da noch von ihm kriegen? Ihm ist es nämlich egal, wer du wirklich bist.
Ich finde dich zufällig tausendmal attraktiver als diese Ashley hier. Aber meinst du wirklich, er würde mich nicht begrapschen, wenn er die Chance dazu hätte?
So ist er nicht.
Bist du sicher? Ganz sicher?
Schön. Dann ruf ich ihn eben an.
Du musst nicht –
Hast du Lust, dich mit mir und einer Freundin zum Abendessen zu treffen? Um sechs?
Zufrieden?
Weiß ich nicht.
Ich auch nicht.
Bis dahin sind es noch ein paar Stunden. In der Zeit will ich dir alles erzählen und alles von dir wissen.

… ich dachte, so wäre das eben – jeden Morgen ein neues Leben. Wenn ich was Falsches sagte – einen Namen, einen Ort, eine Regel -, stellte irgendwer das richtig, ohne dass es groß auffiel.
Ich habe nie darüber nachgedacht, ob ich ein Junge oder ein Mädchen bin. Das wechselte eben jeden Tag, wie die Sachen zum Anziehen.
So richtig ins Stolpern gekommen bin ich dann erst bei der Idee, dass es ein Morgen gibt – als mir auffiel, dass die Leute ständig darüber redeten, was sie morgen tun würden.
Wenn ich sagte: »Dann seid ihr doch nicht mehr da«, sagten sie: »Doch, natürlich.« Und dann wurde ich wach, und sie waren weg. Und meine neuen Eltern kapierten nicht, warum ich so durch den Wind war.
Ich frage Justin immer wieder danach. Nach dem Tag, als du er warst. Und es ist echt irre, was für Pseudoerinnerungen er daran hat. Er widerspricht nicht, wenn ich sage, dass wir am Strand waren, aber so richtig weiß er nichts mehr davon.

Der eine Zwillingsbruder, James, war genauso. Ihm ist nicht aufgefallen, dass irgendwas nicht stimmt. Aber als ich ihn nach dem Treffen mit dir gefragt habe, wusste er nur noch, dass er bei Starbucks war – die Zeit war in seinem Hirn gespeichert. Alles andere: gelöscht.
Vielleicht erinnern sie sich nur an das, was du zulässt.
Was ist mit Liebe? Warst du schon mal verliebt?
Einmal. Wir haben online Kontakt gehalten ... Aber dann musste ich es beenden. Weil, was soll das mit dem Virtuellen, wenn es nicht zu was Realem führt? Und ich konnte nie jemandem etwas Reales geben, nur Vorgetäuschtes.
Wie zum Beispiel, dich als ihr Freund auszugeben.
Ja. Aber versteh doch. Du warst die Ausnahme von der Regel. Und ich wollte nicht wieder mit irgendwelchen Täuschungen anfangen. Darum bist du die Erste, der ich je davon erzählt habe.

Das Witzige ist, bei dir hört es sich an, als wäre das total ungewöhnlich. Aber ich wette, eine Menge Leute rücken nie richtig mit der Wahrheit heraus. Und die wachen jeden Morgen im selben Körper und im selben Leben auf.
Wieso? Was erzählst du mir denn nicht?
Wenn ich dir etwas verschweige, hat das seinen Grund. Du vertraust mir, aber deswegen muss ich nicht automatisch auch dir vertrauen. So läuft das nicht. Und jetzt erzähl mir das Witzigste, was dir in der dritten Klasse passiert ist …

Wir sollten besser mal los. Justin wartet bestimmt schon auf uns.

Ich geh mal kurz aufs Klo. Bis gleich.
Hallihallo.
Hallo.
Was machst du danach?

Nach dem Essen?
Ja. Vielleicht können wir ja noch was unternehmen ... nur wir zwei.
Holla. Nein.
Wieso nicht?
Was ist mit Rhiannon? Mann, ey.
Ich will das nicht.
Stopp.
Ich mach doch gar nichts! Deine Freundin läuft ein bisschen aus dem Ruder.
Ist okay. Tut mir leid.

6008. Tag

Ich quatsch mal 'ne Runde mit Nathan.
Man sollte meinen, der Teufel hätte Wichtigeres zu tun, als samstags-abends mit einem Subaru eine Spritz-tour zu unter-nehmen.
Echt? Ich kann den Typen nicht mehr sehen.
Angeblich tritt er jetzt in Talkshows auf.
Ist es okay?
Ja. Voll okay.
Und, wie geht's so?
Geht so, würde ich sagen.
Deine Freunde gucken her.
Egal. Achte gar nicht auf sie. Auf keinen von denen.

Tue ich ja gar nicht. Sie verstehen null.
Versteh ich.
Ich meine, ich verstehe, dass sie null verstehen.
Es muss doch aber ein ziemlicher Hammer sein, wenn sich alle so für dich interessieren.
Dem Pastor war klar, dass ich Ärger kriegen würde.
Aber er meinte, ich müsste da drüberstehen. Aus-gelacht zu werden, ist nichts im Vergleich dazu, ein Besessen-sein überlebt zu haben.
Was ist?

Ich wüsste bloß gern – was hast du von dem Tag noch in Erinnerung?
Wieso fragst du?
Reine Neugier, denke ich. Ich hab absolut keinen Zweifel an deiner Geschichte. Aber ich würde sie gern mal von dir selbst hören.
Ich war zu Hause, bei meinen Eltern, hab Haushaltspflichten erledigt und so. Und dann – keine Ahnung.
Dann hab ich das mit dem Musical erfunden und mir das Auto geliehen. Und ... es drängte mich irgendwas. Als würde ich irgendwohin gezogen.
Wohin?
Da wird es schräg. Ein paar Stunden sind komplett ausgelöscht. Es kommt mir vor, als hätte ich meinen Körper nicht unter Kontrolle gehabt, und das war's. Ich hab ein paar Bilder von einer Party im Kopf, aber ich weiß nicht wo und wer sonst noch mit dabei war.

Und dann weckt mich auf einmal ein Polizist. Und ich habe keinen Tropfen getrunken. Keinerlei Drogen genommen. Das haben sie getestet.
Und wenn du einen Anfall hattest?
Wieso sollte ich mir dafür von meinen Eltern das Auto ausleihen? Nein, da hatte etwas Herrschaft über mich.
Der Pastor sagt, ich muss mit dem Teufel gerungen haben, weil ich wusste, dass mein Körper für etwas Böses benutzt wurde. Und als ich gewonnen hatte, hat der Teufel mich verlassen.
Es muss doch nicht der Teufel gewesen sein.
Und was ist mit dir?
Ich weiß es einfach, okay? Und wenn es noch mal passiert ... bin ich vorbereitet. Ich werde ihn spüren.

Ich bin nicht der Teufel.
Ich bin nicht der Teufel.
Ich bin nicht der Teufel.
An: Rhiannon
Ich muss dich wiedersehen.
A

6009. Tag
Mein Sohn Adam ist heute krank.

Hey.
Hey.
Ich dachte mir, dass du vielleicht kommst.
Bist du sauer?

Nein. Obwohl ich wieder Punktabzug auf der Anwesenheitsliste kriege.
Da bist du nicht die Einzige.
Eine Stunde ist okay. Aber dann muss ich wieder zurück. Wie heißt du heute?
A. Für dich immer A.
Woher wusstest du, dass ich es bin?
Weil du mich so angesehen hast. Es hätte niemand sonst sein können.
Tut mir leid wegen vorgestern Abend.

Ich bin mit schuld.
Ich hätte ihn gar nicht erst anrufen sollen.
Was hat er noch gesagt? Später?
Sagen wir mal, er ist kein großer Fan von dir.
Das beruht auf Gegen-seitigkeit.
Er hat wohl gespürt, dass es eine Falle war und dass irgendwas nicht stimmte.
Vermutlich hat er deswegen den Test be-standen.
Das ist nicht fair.
Sorry. Was willst du weiter tun?
Was soll ich denn deiner Meinung nach tun?
Was deinem Gefühl nach das Beste für dich ist.
Das ist die falsche Antwort.
Wieso?
Weil es eine Lüge ist.

Zurück zur Ausgangsfrage: Was willst du weiter tun?
Ich will nicht alles wegwerfen, für so was Unsicheres.
Du bist der wichtigste Mensch in meinem Leben. So viel ist sicher.
Nach gerade mal zwei Wochen. Von wegen sicher.
Du weißt mehr über mich als irgendjemand sonst.
Kann ich umgekehrt von dir nicht sagen. Noch nicht.
Du musst doch zugeben, dass da was zwischen uns ist.
Ja. Als ich dich vorhin gesehen habe, wurde mir klar, dass ich auf dich gewartet hatte.
Das strömte plötzlich alles durch mich durch. Aber ich weiß nicht, ob das schon Sicherheit ist.

Ich muss mich jetzt auf die Prüfung vorbereiten. Und du musst zu deinem anderen Leben zurück.
Willst du mich nicht mehr sehen?
Doch, ja. Und nein. Das sollte es leichter machen, stattdessen wird es nur noch schwieriger.
Ich hätte also nicht hier aufkreuzen sollen?
Lass uns vorerst bei E-Mails bleiben. Okay?
Okay.

6010. Tag
6011. Tag
6012. Tag
From: Rhiannon
A,
tut mir leid – ich wollte dir eigentlich schon früher schreiben, aber dann war ein Haufen los (nichts Wichtiges, nur zeitraubend).
Es war hart, dich zu sehen, aber auch gut. Trotzdem ist es das Richtige, eine Pause einzulegen und alles zu durchdenken.
WOOLF
6013. Tag
6014. Tag

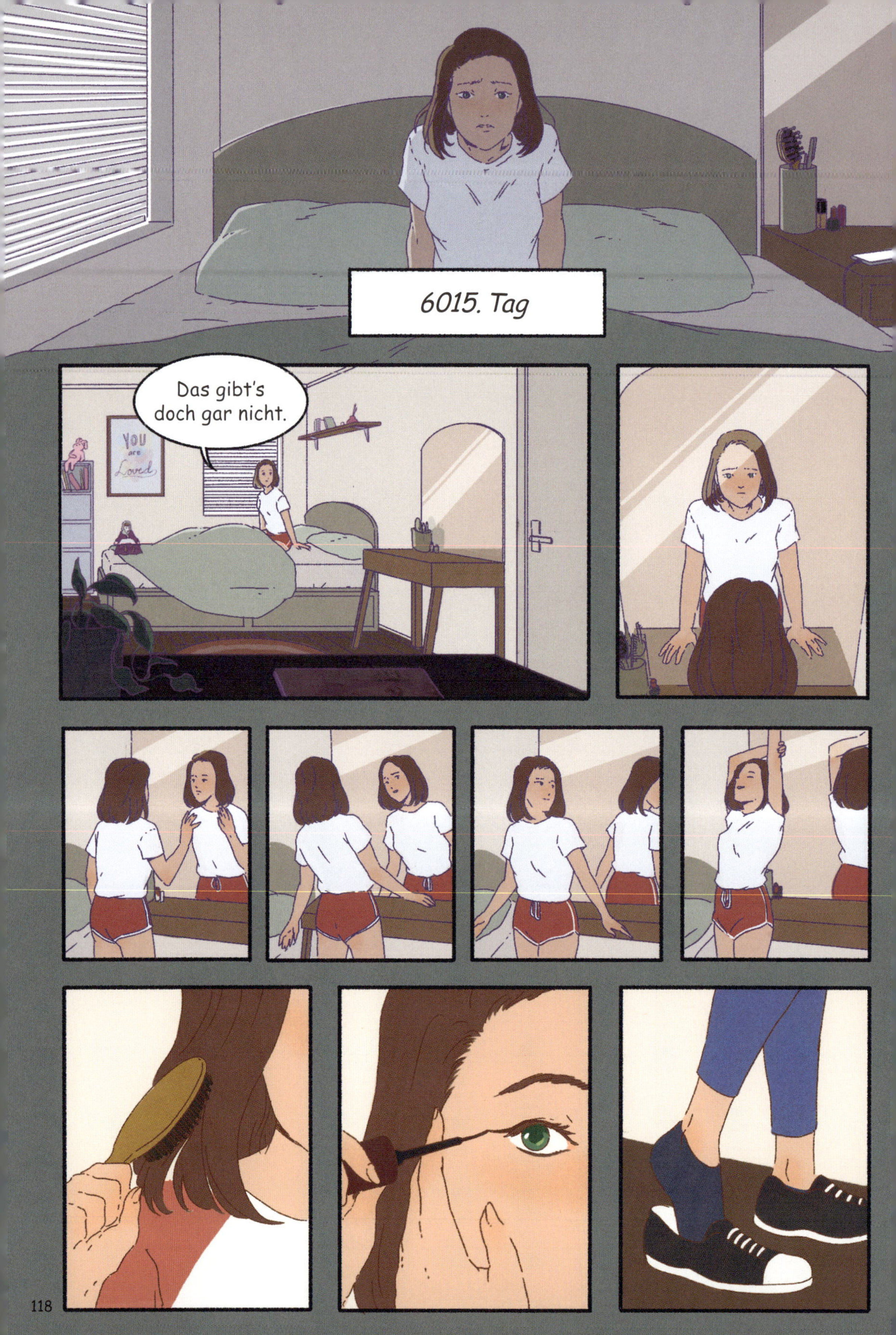
6015. Tag
Das gibt's doch gar nicht.
YOU are Loved

Hi, Mom!
Tschüs, Mom!
Rhiannon!
Hey ... Rebecca!

Hey,
wie wär's heute
mit Pizza?
Klar.

Wollen wir noch ein bisschen »Hausaufgaben« machen nach der Schule?
Ich muss mit meiner Mom zum Arzt, sie hat wieder Schlaf-störungen.
Na, Hauptsache, sie verschreiben ihr jede Menge Pillen. Die sind super.

Behalt das alles in Erinnerung, Rhiannon. Behalt das Gefühl in Erinnerung.

Beim Aufwachen wusste ich, dass irgendwas anders war. Schon bevor ich deinen Brief gesehen habe.
Aber ich hatte nicht das Gefühl, einen Tag verpasst zu haben. Es war mehr so, als wäre etwas ... dazugekommen.

6016. Tag

Dann hab ich deinen Brief gelesen und wusste sofort, dass es stimmt. Es war tatsächlich passiert.
Du hast geschrieben, ich soll versuchen, mich ganz genau an gestern zu erinnern.

Und es war alles da. Nicht so was wie Aufwachen und Zähneputzen, aber dass ich auf den Berg gestiegen bin. Das Mittagessen mit Justin. Das Abendessen mit meinen Eltern.
Sogar dass ich den Brief geschrieben habe. Was ja eigentlich Schwachsinn ist – wieso sollte ich mir selbst einen Brief schreiben? Aber mir kam es ganz einleuchtend vor.

Spürst du mich da? In deinen Erinnerungen?
Nicht so, als hättest du die Kontrolle über mich oder irgendwas in der Art. Eher so, als wärst du bei mir gewesen. Du warst da, aber außerhalb von mir.
Völlig irre, worüber wir da reden. Hast du das Gefühl, mich jetzt besser zu kennen? Weil … mir geht es mit dir so. Wegen dem, was du getan und was du nicht getan hast. Ist das nicht seltsam?
Manches kann einem seltsam vorkommen und trotz-dem einleuchten.
Ich find's auch komisch, dass keiner was gemerkt hat. Nicht mal meine Eltern. Wie fandest du sie?
Ich glaube, sie haben dich beide gern, auf ihre Art.
Schön gesagt.
Es war nett, sie kennen-zulernen.

Das muss ich mir merken, für den Fall, dass du sie mal in echt kennenlernst. »Mom, Dad, das ist A. Ihr seid euch schon einmal begegnet, da hat er in meinem Körper gesteckt.«
Das kommt bestimmt gut an.
Es kann nie wieder passieren, stimmt's? Du bist nie zweimal dieselbe Person.
Korrekt. Es wird nie wieder passieren.
Puh, ich bin schon froh, dass ich mich abends nicht fragen muss, ob du mich am nächsten Morgen in der Hand hast. Einmal werde ich damit fertig. Aber mach es nicht zur Gewohnheit.
Versprochen – ich möchte es gern zur Gewohnheit machen, bei dir zu sein, aber nicht so.
Du kennst mein Leben. Erzähl mir mal, wie das funktionieren soll.

Wir finden schon einen Weg.
Das ist keine Antwort. Es ist eine Hoffnung.
Mit Hoffnung sind wir immerhin bis hierher gekommen.
Stimmt.
Sehen wir uns morgen? Oder wenn nicht morgen, dann übermorgen?
Wie könnte ich dazu nein sagen? Ich sterbe vor Neugier, wer du als Nächstes bist.
Ich bin immer A.
Ich weiß. Deswegen will ich dich ja sehen.

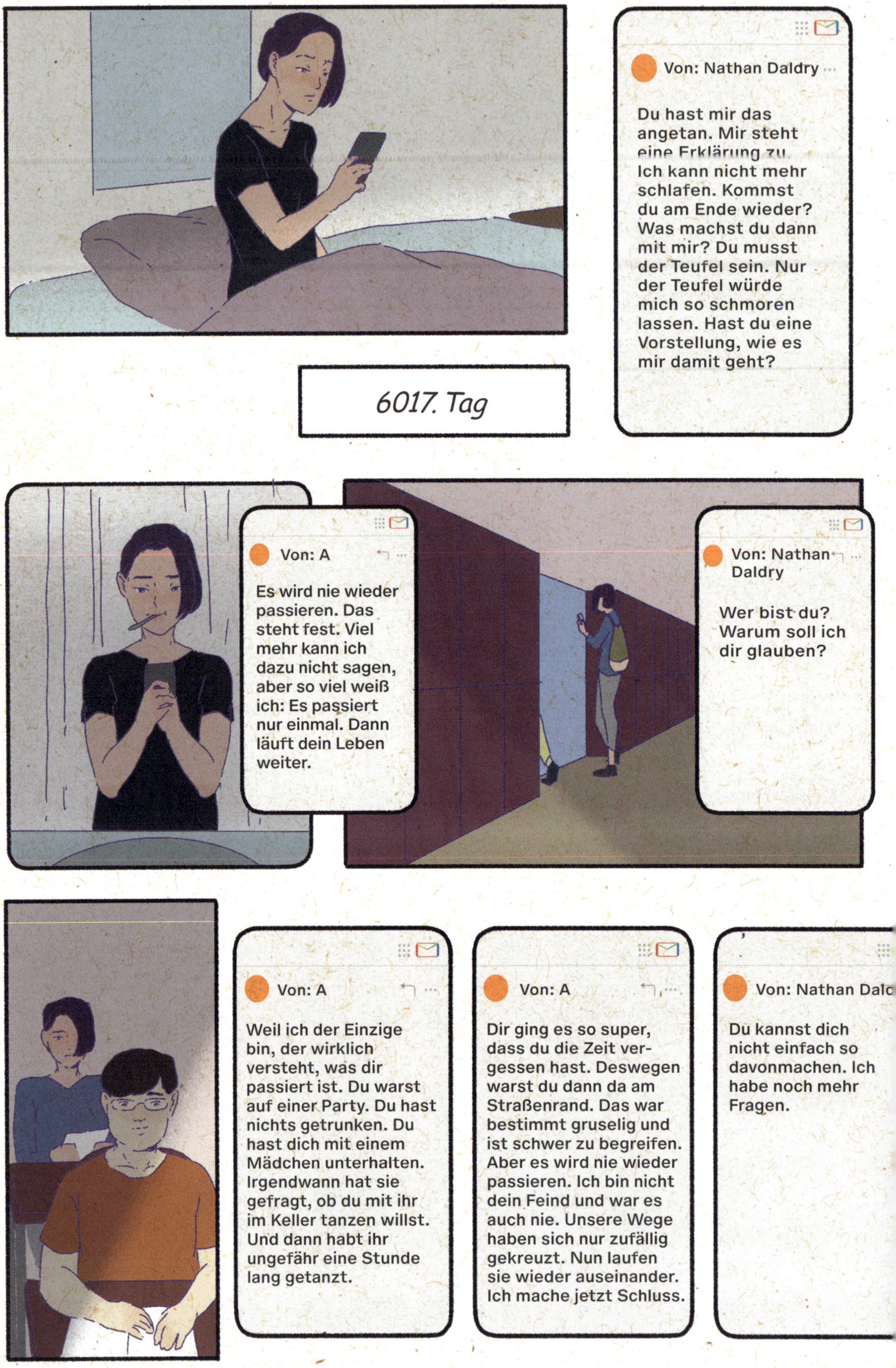

Von: Nathan Daldry
Du hast mir das angetan. Mir steht eine Erklärung zu. Ich kann nicht mehr schlafen. Kommst du am Ende wieder? Was machst du dann mit mir? Du musst der Teufel sein. Nur der Teufel würde mich so schmoren lassen. Hast du eine Vorstellung, wie es mir damit geht?
6017. Tag
Von: A
Es wird nie wieder passieren. Das steht fest. Viel mehr kann ich dazu nicht sagen, aber so viel weiß ich: Es passiert nur einmal. Dann läuft dein Leben weiter.
Von: Nathan Daldry
Wer bist du? Warum soll ich dir glauben?
Von: A
Weil ich der Einzige bin, der wirklich versteht, was dir passiert ist. Du warst auf einer Party. Du hast nichts getrunken. Du hast dich mit einem Mädchen unterhalten. Irgendwann hat sie gefragt, ob du mit ihr im Keller tanzen willst. Und dann habt ihr ungefähr eine Stunde lang getanzt.
Von: A
Dir ging es so super, dass du die Zeit vergessen hast. Deswegen warst du dann da am Straßenrand. Das war bestimmt gruselig und ist schwer zu begreifen. Aber es wird nie wieder passieren. Ich bin nicht dein Feind und war es auch nie. Unsere Wege haben sich nur zufällig gekreuzt. Nun laufen sie wieder auseinander. Ich mache jetzt Schluss.
Von: Nathan Dalc
Du kannst dich nicht einfach so davonmachen. Ich habe noch mehr Fragen.

6018. Tag
Hey. Du bist der einzige Jugendliche hier, also bist es wohl du.
Kennen wir uns?
Oh, sorry. Ich, äh, sollte mich hier mit jemandem treffen.
Wie sieht er denn aus?
Äh, weiß ich nicht. Das ist nur online gelaufen.
Solltest du nicht in der Schule sein?
Und was ist mit dir?
Geht nicht. Ich habe ein Date mit einem absolut umwerfenden Mädchen.

Du Arsch.
Das kannst du nicht bringen. Das ist unfair.
Rhiannon, es tut mir leid.
Ich glaube dir. Aber dass du kein Arsch bist, musst du erst noch beweisen.
Ich tu's nie wieder. Versprochen.
Gehen wir was essen. Ich muss in einer Stunde wieder zurück sein. Wie ist es bei dir?
Heimunterricht. Seine Mom holt ihn auch ungefähr in einer Stunde ab. Und die willst du nicht kennenlernen.
Was machst du da?

Das ist nur ein Neunzig-Millionstel von dem, was ich für dich empfinde.
Ich versuch's nicht persönlich zu nehmen, dass du künstlichen Süßstoff verwendet hast.
Es ist nicht alles ein Symbol!
ICH STERBE!

Wer bekommt den gebratenen Reis mit Gemüse?
DU HAST EIN NETTES LÄCHELN
Das ist keine Voraussage.

Stimmt. »Du wirst ein nettes Lächeln haben« – das wäre eine.
Ich lasse ihn zurückgehen.
Einer reicht mir.
DIR STEHT EIN ABENTEUER BEVOR.
Gut gemacht, Sir.

DIR STEHT EIN ABENTEUER BEVOR.
Und, was soll ich als Nächstes lesen?
Es ist ein gutes Gefühl für mich, dass ich, egal in welchem Leben ich stecke, immer auf Bücher zurückgreifen kann. Die ändern sich nicht.
Was ist dein Lieblingsbuch?
NEIN! BITTE NICHT DAS DA!

Was hast du gegen *Harold und die Zauberkreide*?
Sorry. Ich dachte, du nimmst *Der Baum, der froh und glücklich war.*
Das ist so was von unterirdisch.
Gott sei Dank.
Wenn das dein Lieblingsbuch wäre, dann wäre es aus mit uns.
Da – nimm meine Arme! Nimm meine Beine!
Nimm meinen Kopf! Nimm meine Schultern!
Denn das macht wahre Liebe aus!
Liebe bedeutet, niemals einen Körperteil verlieren zu müssen.
Genau.
GEORGE!

Was fällt dir ein?
Ich weiß nicht, wer deine Eltern sind, aber ich habe meinem Sohn nicht beigebracht, sich mit *Huren* herumzudrücken.
Mom! Lass sie in Ruhe!
Ich melde mich später.
Ganz sicher *nicht*.

6019. Tag
Ich hab meinen Eltern gesagt, dass ich morgen bei Rebecca übernachte. Aber ich weiß was, wo wir hinfahren könnten. Okay?
Ja. Na klar. Ja.

6020. Tag
Du bist aber schnuckelig heute. Diesmal wird deine Mom hoffentlich nicht aufkreuzen?
Nö.
Gut. Dann habe ich ja Chancen, das hier zu überleben.

Hey.
Hey.
Wo sind wir hier?
In der Jagdhütte von meinem Onkel. Ich weiß, wo der Schlüssel ist.

Das war aber mal eine Begrüßung.
Sie ist noch nicht vorbei.

Ich will es. Meinetwegen musst du dir keine Sorgen machen. Ich will einen Schritt weiter mit dir.
Wir sollten besser nicht. Es liegt nicht an dir und auch nicht daran, dass ich nicht will. Aber … Xavier.
Xavier?
Xavier?

Ich kann nicht so über ihn und seinen Körper entscheiden. Ich bin noch nie an diese Grenze gekommen, aber jetzt … ist sie da. Es fühlt sich verkehrt an.
Aber das geht, oder?
Lass uns ein bisschen schlafen.

Ich muss mir ins Gedächtnis rufen, dass normale Menschen auch dieses Verlangen empfinden, einen Moment festzuhalten und ewig währen zu lassen. Viel länger in etwas zu verharren, als es tatsächlich anhalten wird.
Ich weiß, wir reden nicht darüber … aber wieso bist du mit ihm zusammen?
Frag mich nicht. Ich dachte, ich wüsste es. Aber jetzt weiß ich es nicht mehr.

Ich weiß, dass du weg musst. Aber ich bleibe hier.
Ich komme morgen wieder. Versprochen.
Wenn ich könnte, würde ich dem ewigen Verwandeln ein Ende machen. Bloß um hier bei dir zu sein.
Aber das kannst du nicht, ich weiß.
Ich warte auf dich.

6021. Tag
Rhiannon …
Brauchst du etwas?

MICHAEL! AUFWACHEN! JETZT GEHT'S AUF NACH HAWAII!
6022. Tag
Hawaii?
Ich kann heute nicht mit. Tut mir echt leid! Ich bin später am Abend wieder da.
Fliegt ohne mich los.

Hey.
Verdammt noch mal, wo warst du? Ich hab den ganzen Tag gewartet. Kein Wort von dir. Nichts.
Ich war im Krankenhaus. Im Streckverband. Ich konnte nichts machen.
Wie soll das funktionieren mit uns? Wie?
Komm her.

WAS ZUM TEUFEL?!
Justin –
Lindsay hat mir eine SMS geschickt, dass es dir nicht gutgeht, und da wollte ich nachsehen, ob du okay bist. Bist du offensichtlich.
Hör auf damit.
Womit, du Dreckstück?
Justin –
Du hältst die Fresse, Alter.

HÖR AUF!
Ist das dein neuer Freund? Liebst du ihn?
Ich hab schon immer gewusst, dass du eine Schlampe bist.
Nein, ich liebe ihn nicht ...
... aber dich liebe ich auch nicht.

Geh.
Geh einfach.
Den brauche ich jetzt dringend.

Danke, dass du gekommen bist.
Ich hab kurz überlegt, aber eigentlich war es klar.
Bist du okay?
Alles bestens.
Wie heißt du heute?
Michael.
Armer Michael.
Ist es jetzt aus? Mit euch beiden?
Ja.

Damit hast du wohl erreicht, was du wolltest.
Das klingt ja furchtbar. Willst du es denn nicht auch?
Doch. Aber nicht so. Nicht vor allen Leuten.
Du bist jetzt frei von ihm.
Ich vergesse immer, wie unerfahren du bist. Ich bin nicht frei von ihm, A. Mit jemandem Schluss zu machen, heißt nicht, von ihm frei zu sein.
Mich verbindet immer noch sehr, sehr viel mit Justin. Wir sind bloß kein Paar mehr. Ich werde Jahre brauchen, um von ihm frei zu sein.
Hätte ich nach Hawaii fliegen sollen? Da sollte Michael nämlich heute hin.

Nein, hättest du nicht. Ich will dich hier haben. Bei mir. Wenn du kannst.
Bis morgen, hoffentlich.
Hoffentlich bis morgen.
Ich würde dich zu gern windelweich prügeln ... aber offenbar ist mir da jemand zuvorgekommen.
Es tut mir so furchtbar leid.

6023. Tag
Guten Morgen, Vic.
Hey.
Hey. Du hier. Wieso überrascht mich das nicht?
Mittagessen?
Klar ... aber danach muss ich echt wieder zurück.

Ich bin jetzt offenbar eine Metaler-Schlampe.
Einigen Quellen zufolge habe ich sogar mit Mitgliedern von Metallica geschlafen. Irgendwie lustig, aber irgendwie auch nicht.
Und wer bist du heute?
Ich heiße Vic. Biologisch gesehen bin ich weiblich, aber ich fühle mich männlich. Ich glaube, Vic ist mein neuer Held.
Das muss grausam sein, wenn dein Körper nicht zu dem passt, der du bist.
Anfangs war Vic ganz allein damit – er konnte nicht darüber reden, hatte das Gefühl, es wäre ein Kampf zwischen ihm und seinem Körper, den er niemals gewinnen würde. Und trotzdem hat er es Tag um Tag versucht. Es hat ihn irre viel Kraft gekostet.
Als er endlich mit seinen Eltern darüber redete, haben sie es zum Glück respektiert. Und seit letztem Jahr ist er mit Dawn zusammen, einem phantastischen Mädchen. Dawn sieht Vic genauso, wie er gesehen werden will. So möchte ich es auch für uns.

Und, wie ist es an der Schule, abgesehen von den Gerüchten?
Justin scheint nicht besonders durch den Wind zu sein. Die Mädchen stehen Schlange, um ihn zu trösten. Echt erbärmlich. Aber Rebecca bringt meine Version der Geschichte unter die Leute.
Und die lautet?
Dass Justin ein Vollidiot ist. Und dass der Metaler und ich bloß miteinander geredet haben.
Tut mir leid, dass es so passieren musste.
Es hätte schlimmer sein können. Und wir dürfen nicht länger jeden Satz mit »Tut mir leid« anfangen.
Aber es tut mir wirklich leid.
Wie lange bist du heute hierher gefahren?

Drei Stunden.
Und was verpasst du?
Zwei Tests. Und eine Verabredung mit Dawn. Die habe ich auf abends verschoben.
Findest du das fair?
Was meinst du damit?
Hör zu, ich find's toll, dass du die ganze Strecke bis hierher gekommen bist.
Aber ich hab letzte Nacht kaum geschlafen und bin total mies drauf, und als ich deine E-Mail las, dachte ich nur: Ist das alles wirklich fair? In Bezug auf die Menschen, mit deren Leben du einfach so umspringst?
Rhiannon, ich bin immer achtsam –
Und wenn *ich* derjenige bin, für den etwas vorgesehen ist?
Was ist, wenn ich hier sein sollte und die Welt ein klitzekleines, aber entscheidendes bisschen aus dem Ruder läuft, weil ich *nicht* hier bin?
Das weiß ich. Aber wenn nun für heute etwas ganz Unerwartetes geplant war?
Oder wenn ihre Versuchspartnerin in Physik durchfällt, weil sie nicht da ist und ihr hilft?
Aber sollte ihr Leben nicht über deinem stehen?
Wieso?
Weil du nur der Gast bist.

Damit will ich nicht sagen, dass du weniger wichtig bist. Im Moment bist du der Mensch, den ich auf der ganzen Welt am meisten liebe.
Echt? Gestern hast du noch gesagt, du liebst mich nicht.
Damit war der Metaler gemeint. Nicht du.
Ich liebe dich auch, hörst du.
Ich weiß.
Wir stehen das schon durch. Jede Beziehung ist am Anfang schwierig. Und wir sind eben noch am Anfang.
Es ist nicht wie beim Puzzle, wo die Teile sofort passen. Bei Beziehungen muss man die Teile so lange formen, bis sie sich perfekt zusammenfügen.
Und dein Teil ändert jeden Tag die Form.
Nur äußerlich.
Ich weiß. Vermutlich muss ich mehr an meinem Teil arbeiten. Es ist einfach zu viel los. Und dass du hier bist – das kommt noch dazu.

Nach dem Mittagessen fahre ich wieder.
Es ist nicht so, dass ich das will. Ich glaube einfach, es muss sein.
Das verstehe ich.
Gut. Dann erzähl mir jetzt von deiner Verabredung heute Abend. Wenn ich schon nicht bei dir sein kann, möchte ich wenigstens wissen, wer dann.
Ich möchte, dass die Teile sich zusammen-fügen.
Was habe ich für ein Glück mit dir.
Was hat Vic für ein Glück mit ihr.

Zeit zum Aufstehen, Marc.
6024. Tag
Nicht ich, sondern er sollte hier sein, um sich zu verabschieden.

6025. Tag
Von: A
Wir waren ja schon am Meer und auf dem Berg und im Wald. Darum dachte ich mir, diesmal probieren wir's … mit Kino und Essengehen.
Von: Rhiannon
Nur zu. Kauf mir Blumen.
THE ADVENTURERS GUILD
THE ADVENTURERS GUILD
Ein Riesenunterschied zu meinem letzten Auftritt, ich weiß.
Seit wann ist es dir wichtig, in welchem Körper du steckst? Bild dir nicht ein zu wissen, wie ich reagiere.

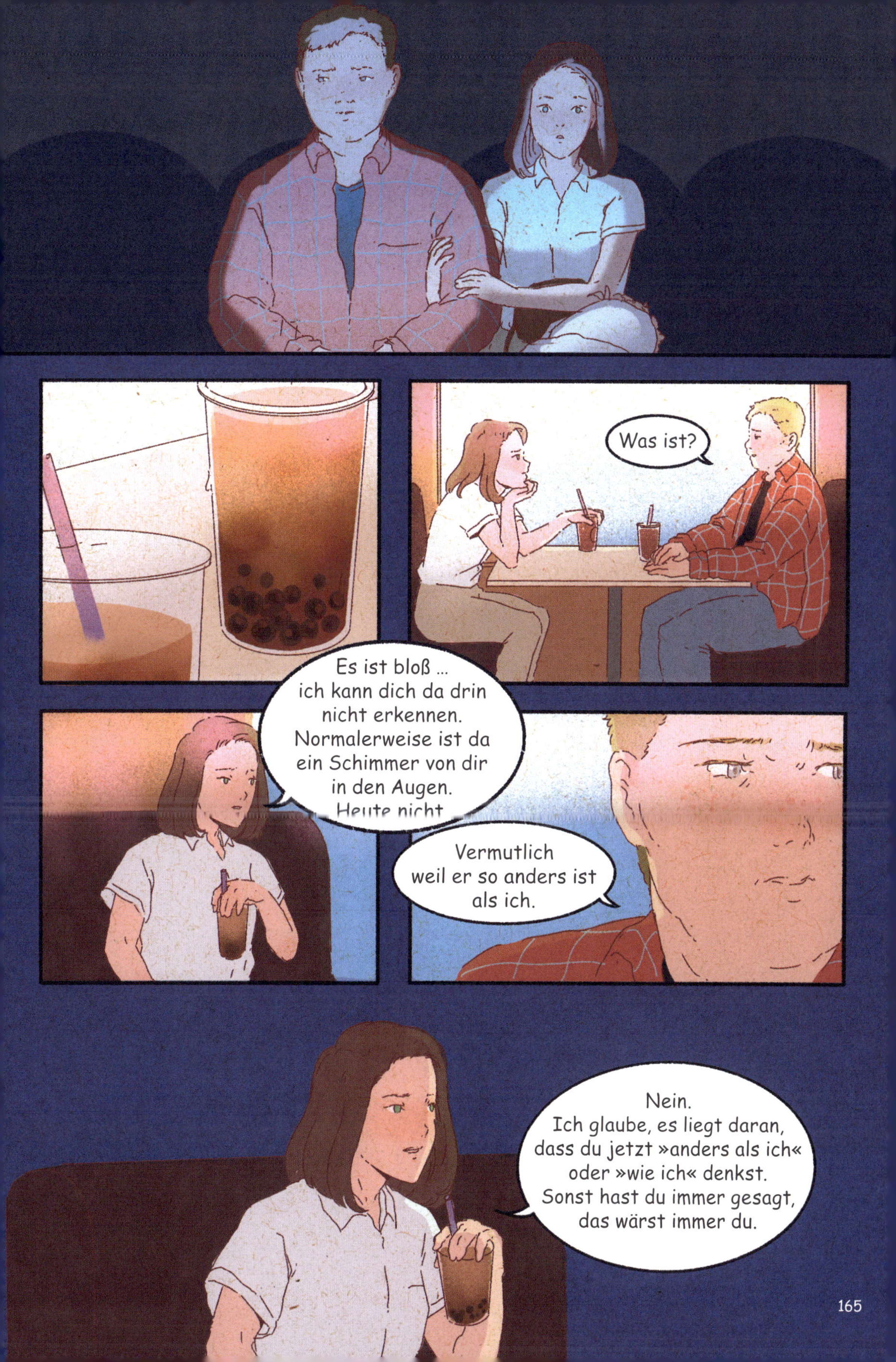
Was ist?
Es ist bloß … ich kann dich da drin nicht erkennen. Normalerweise ist da ein Schimmer von dir in den Augen. Heute nicht.
Vermutlich weil er so anders ist als ich.
Nein. Ich glaube, es liegt daran, dass du jetzt »anders als ich« oder »wie ich« denkst. Sonst hast du immer gesagt, das wärst immer du.

Ich will genau so sein, wie du mich haben willst.
Stopp. Das bringt dich in die gleiche Falle, in der wir anderen alle stecken.
Was ist los?
Einfach nicht so der prickelnde Abend, schätze ich. Darf's bei uns ja auch mal geben, oder?
Danke für die Blumen.

6026. Tag
Von: Rhiannon
Ich will dich heute unbedingt sehen.
Von: Rhiannon
Wir müssen reden.

Hey.
Hey.
Ich glaube, ich kann so nicht weitermachen. Ich sehe einfach keine Möglichkeit.
Du bist jeden Tag eine andere Person. Und ich kann nicht jede von diesen Personen gleichermaßen lieben.
Was meinst du damit?
Geht es um -
Es geht nicht um einen bestimmten Körper, sondern darum, dass ich nie weiß, was als Nächstes kommt. Ich würde gern damit umgehen können - aber ich kann es nicht.
Und außerdem habe ich gerade erst mit Justin Schluss gemacht. Ich brauche Zeit, um das zu verarbeiten und es wegzustecken. Und es gibt so viel, was wir nicht machen können. Wir werden nie mit meinen Freunden abhängen. Ich kann mit ihnen nicht mal über dich reden, und das macht mich kirre.
Ich werde nie abends neben dir einschlafen und morgens neben dir aufwachen. Und ich hab versucht mir einzureden, das wäre alles nicht so wichtig. Aber irgendwann sind mir die Argumente ausgegangen. Und ich kann nicht so weitermachen, wenn ich weiß, wie die wahre Antwort lautet.

Meinst du, ich hätte nicht auch schon hin und her überlegt? Ich hab versucht, mir eine gemeinsame Zukunft für uns auszumalen. Wie wäre es damit?
In einer Großstadt wäre die Gefahr nicht so groß, dass ich weite Strecken zurücklege. Weil da mehr Körper im richtigen Alter um mich herum sind.
Ich weiß zwar nicht, wie ich von einem Körper in den nächsten komme, aber die Entfernung hat definitiv damit zu tun, wie viele Möglichkeiten vorhanden sind. In New York City würde ich wahrscheinlich niemals woandershin geraten, weil es da so viele Menschen zur Auswahl gibt.
Wir könnten uns jeden Tag sehen, jeden Tag zusammen sein. Ich weiß, es ist verrückt. Und natürlich kannst du nicht immer auf Abruf bereitstehen. Aber mit der Zeit würden wir das schon hinkriegen.
Mit der Zeit könnte unser Leben so aussehen. Ich werde nie neben dir aufwachen, aber ich könnte ganz oft bei dir sein. Es wäre kein normales Leben, schon klar. Aber es wäre eins, in dem wir zusammen sind.

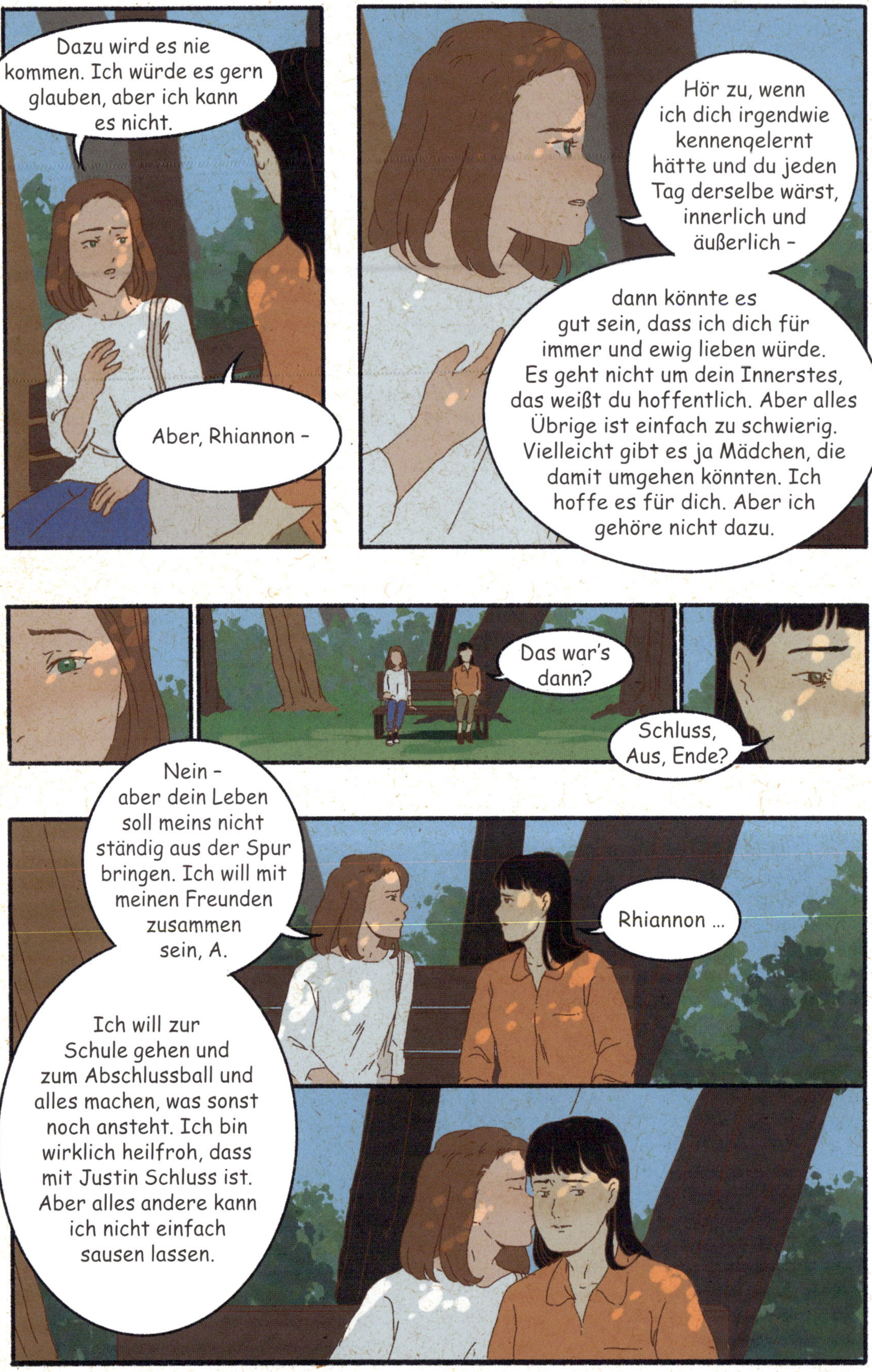
Dazu wird es nie kommen. Ich würde es gern glauben, aber ich kann es nicht.
Aber, Rhiannon –
Hör zu, wenn ich dich irgendwie kennengelernt hätte und du jeden Tag derselbe wärst, innerlich und äußerlich –
dann könnte es gut sein, dass ich dich für immer und ewig lieben würde. Es geht nicht um dein Innerstes, das weißt du hoffentlich. Aber alles Übrige ist einfach zu schwierig. Vielleicht gibt es ja Mädchen, die damit umgehen könnten. Ich hoffe es für dich. Aber ich gehöre nicht dazu.
Das war's dann?
Schluss, Aus, Ende?
Nein – aber dein Leben soll meins nicht ständig aus der Spur bringen. Ich will mit meinen Freunden zusammen sein, A.
Rhiannon …
Ich will zur Schule gehen und zum Abschlussball und alles machen, was sonst noch ansteht. Ich bin wirklich heilfroh, dass mit Justin Schluss ist. Aber alles andere kann ich nicht einfach sausen lassen.

Ich muss gehen. Nicht für immer. Aber fürs Erste. Reden wir in ein paar Tagen noch mal darüber.
Wenn du ernsthaft darüber nachdenkst, wirst du zu dem gleichen Ergebnis kommen. Und dann ist es nicht mehr so schlimm. Dann können wir uns überlegen, wie es weitergeht. Ich will, dass es weitergeht. Bloß nicht als ...
Liebe?
Als Beziehung. Als Paar. Wie immer du es nennen willst.
Rhiannon, ich liebe dich.
Ich dich auch. Das ist nicht die Frage. Aber auch nicht die Antwort.

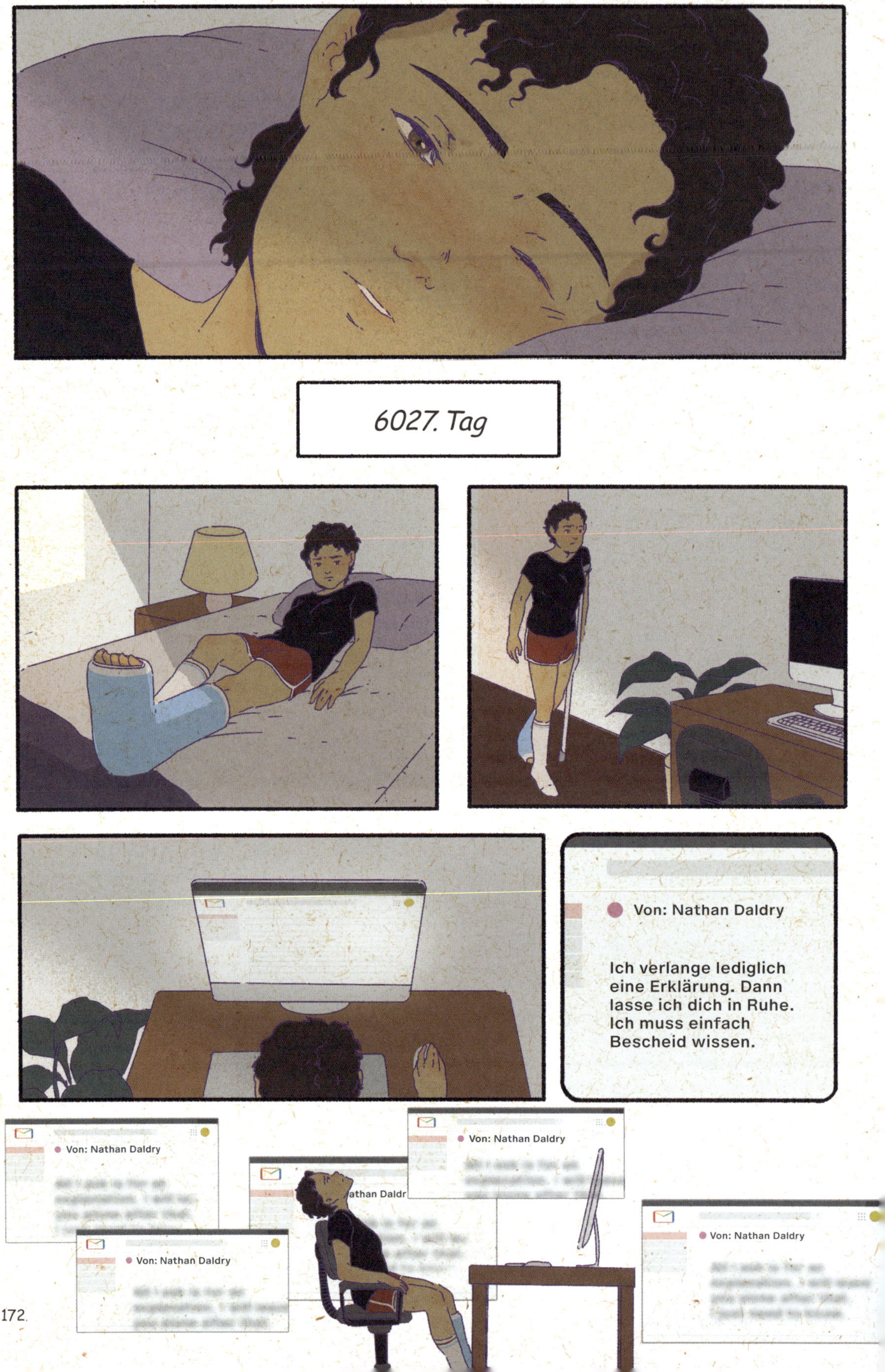
6027. Tag
Von: Nathan Daldry
Ich verlange lediglich eine Erklärung. Dann lasse ich dich in Ruhe. Ich muss einfach Bescheid wissen.
Von: Nathan Daldry
Von: Nathan Daldry
Von: Nathan Daldry
Von: Nathan Daldry

Du bist ein Mädchen.
Manchmal.
Wer bist du?
Ich erzähl's dir. Versprochen. Nur eine weitere Person weiß davon. Ich bin's nicht gewohnt, es zu erklären.

… das heißt, morgen bist du nicht mehr dieses Mädchen? Und sie …
Sie wird den Tag heute anders in Erinnerung haben. Wohl schon so, dass sie sich mit einem Jungen getroffen hat, aber es ist nichts weiter gelaufen. Sie wird nicht mehr wissen, dass der Junge du warst. Wenn ihre Eltern sie morgen fragen, wie es war, wird sie das nicht überraschen. Ihr wird nie klar sein, dass sie gar nicht hier war.
Und wieso war es mir dann klar?
Vielleicht weil ich keine Zeit mehr hatte, deine Erinnerungen gründlich zu bearbeiten. Vielleicht wollte ich auch irgendwie, dass du mich findest. Keine Ahnung.

Das ist ja der Wahnsinn.
Du darfst niemandem davon erzählen. Ich verlasse mich darauf.
Ich weiß, ich weiß. Das bleibt unter uns.
Es hat mir sehr geholfen, die Wahrheit zu erfahren. Nicht Bescheid zu wissen, hat mich wahnsinnig gemacht. Danke. Es ist nicht deine Schuld, das verstehe ich jetzt. Es ist einfach ... wie es ist.
Ich bin froh, dass du es verstehst.
Nur eins noch: Können wir uns morgen noch mal treffen? Damit ich den Wechsel so richtig sehen kann? Das würde es irgendwie realer machen.
Ich kann nichts garantieren. Aber ich versuch's.

6028. Tag
Keine Sorge – meine Eltern sind nicht da. Willst du was trinken?
Das bist also wirklich du, in einem anderen Körper.
Ja.
Gern ein Glas Wasser.
Freut mich sehr, dich endlich kennenzulernen.

Bitte.
Doch nicht so förmlich.
Setzen wir uns.
Ich bin
Pastor Poole.
Es ist Sonntag.
Sollten Sie nicht in
der Kirche sein?
Hier wartet
Wichtigeres auf
mich.
Was
wollen
Sie?
Tja,
Nathan hat mir
eine hochinteressante
Geschichte erzählt, und
ich frage mich, ob sie
stimmt.
Nathan sollte
niemandem davon
erzählen!
Du hast Nathan
in der Luft hängen lassen,
ich habe mich bemüht, ihm
Antworten zu geben. Da hat er
sich natürlich mir anvertraut,
als ihm so was aufgetischt
wurde.

Ich bin nicht der Teufel. Ich bin kein Dämon. Ich bin nichts von dem, als was Sie mich hinstellen. Ich bin einfach ein Mensch, der sich Tag für Tag das Leben eines anderen Menschen ausborgt.
Aber erkennst du darin nicht das Werk des Teufels?
Nein. Es hat kein Teufel in Nathan gesteckt. Es steckt kein Teufel in dem Mädchen hier. Nur ich.
Genau damit liegst du falsch. Ja, du steckst in diesen Körpern. Aber was steckt in dir, mein Freund? Was meinst du wohl, warum du so bist? Denkst du nicht, dass da der Teufel am Werk sein könnte?
Was ich tue, ist kein Teufelswerk.
Entspann dich. Ich bin auf deiner Seite.
Gut, dann lassen Sie mich gehen.
Nicht so hastig. Ich bin noch nicht fertig.

Von wegen »auf meiner Seite«.
Ich kenne dich so viel besser, als du glaubst. Meinst du etwa, das hier wäre ein Zufall? Meinst du, ich wäre nur irgendein religiöser Eiferer, der dir die Dämonen austreiben will? Hast du dich je gefragt, wonach ich suche? Nach dir. Und anderen wie dir.
Es gibt niemanden wie mich.
O doch, natürlich. Dein Anderssein macht dich noch lange nicht einzigartig.
Erstaun-licherweise hast du immer noch nicht gelernt, wie man es länger als einen Tag andauern lässt. Du hast keine Ahnung, welche Macht du besitzt.
Sie sind nicht Pastor Poole.
Heute schon. Gestern auch. Morgen - wer weiß? Ich muss immer abschätzen, was mir gerade am besten passt. Und das hier wollte ich mir nicht entgehen lassen.

Dein Leben lässt sich besser gestalten. Ich kann dir zeigen, wie.
Weglaufen ist sinnlos!
Früher oder später suchst du doch nach mir!
Wie all die anderen!
Fort von mir.
Ich tue dir doch gar nichts. Ich stehe hier und unterhalte mich.
FORT VON MIR!

WAS TUN SIE DENN DA?
Ich bin nicht der Einzige?

6029. Tag
WAS IST DENN LOS MIT DIR?
Ich bin heute irgendwie nicht ganz da. Morgen bin ich wieder der Alte.
Von: Nathan Daldry
Das mit gestern tut mir so leid. Ich dachte, Pastor Poole könnte dir helfen. Jetzt weiß ich auch nicht mehr.
Von: Rhiannon
Wie geht's dir?
R

6030. Tag
Morgen, Zara.
Bis ganz bald.
Bis heute Abend.

Kann ich dich was fragen?
Klar. Was denn?
Wenn ich jeden Tag in einem anderen Körper aufwachen würde – wenn du nie wüsstest, wie ich am nächsten Tag aussehe –, würdest du mich dann trotzdem noch lieben?
Von mir aus kannst du grün sein ... oder einen Bart haben. Meinetwegen auch orange Augenbrauen, ein Muttermal über die ganze Wange und eine Nase, die ich beim Küssen jedes Mal im Auge habe. Ich würde dich trotzdem lieben.
Das sagt sich so leicht, weil es nie dazu kommen muss.

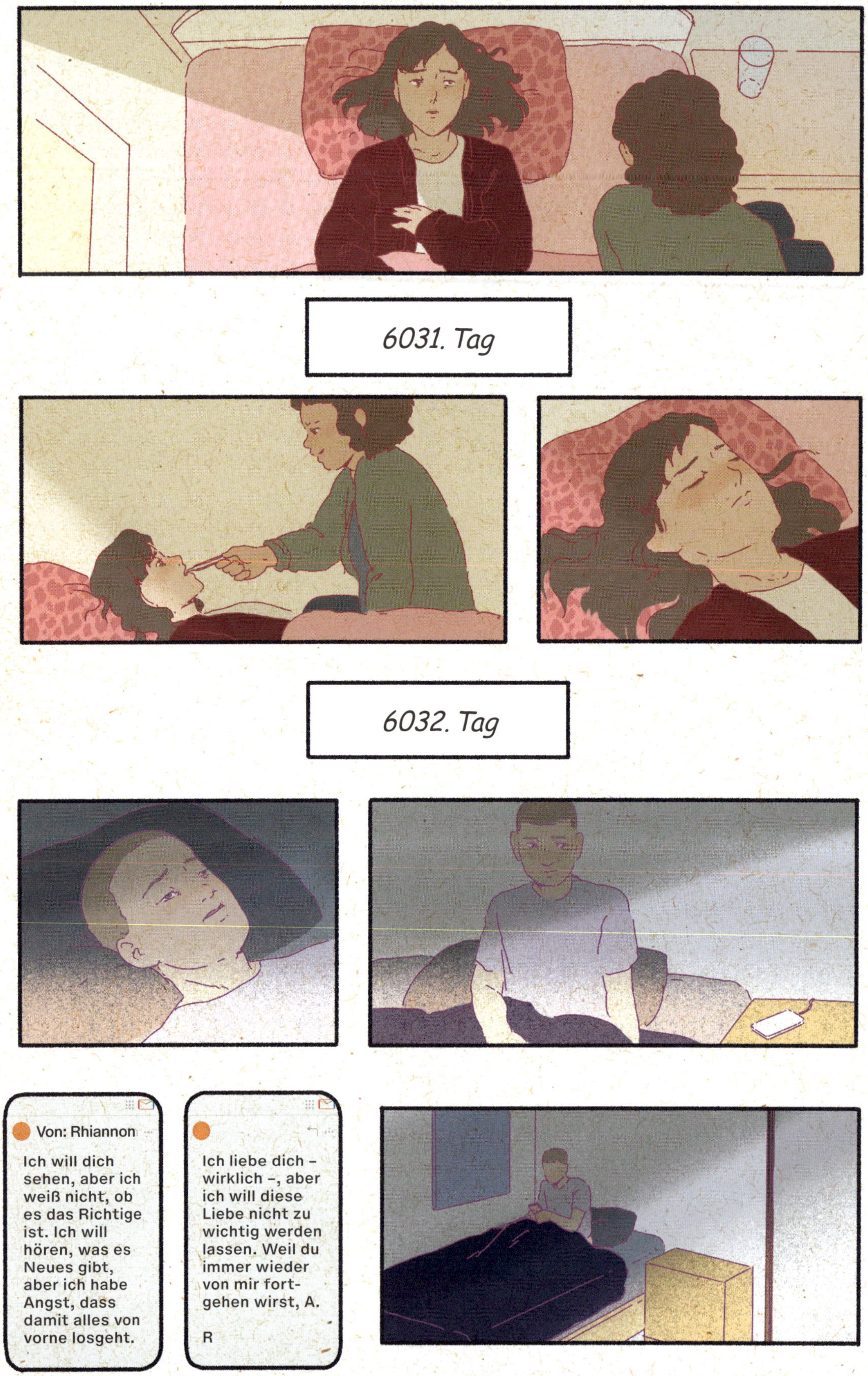
6031. Tag
6032. Tag
Von: Rhiannon
Ich will dich sehen, aber ich weiß nicht, ob es das Richtige ist. Ich will hören, was es Neues gibt, aber ich habe Angst, dass damit alles von vorne losgeht.
Ich liebe dich – wirklich –, aber ich will diese Liebe nicht zu wichtig werden lassen. Weil du immer wieder von mir fort-gehen wirst, A.
R

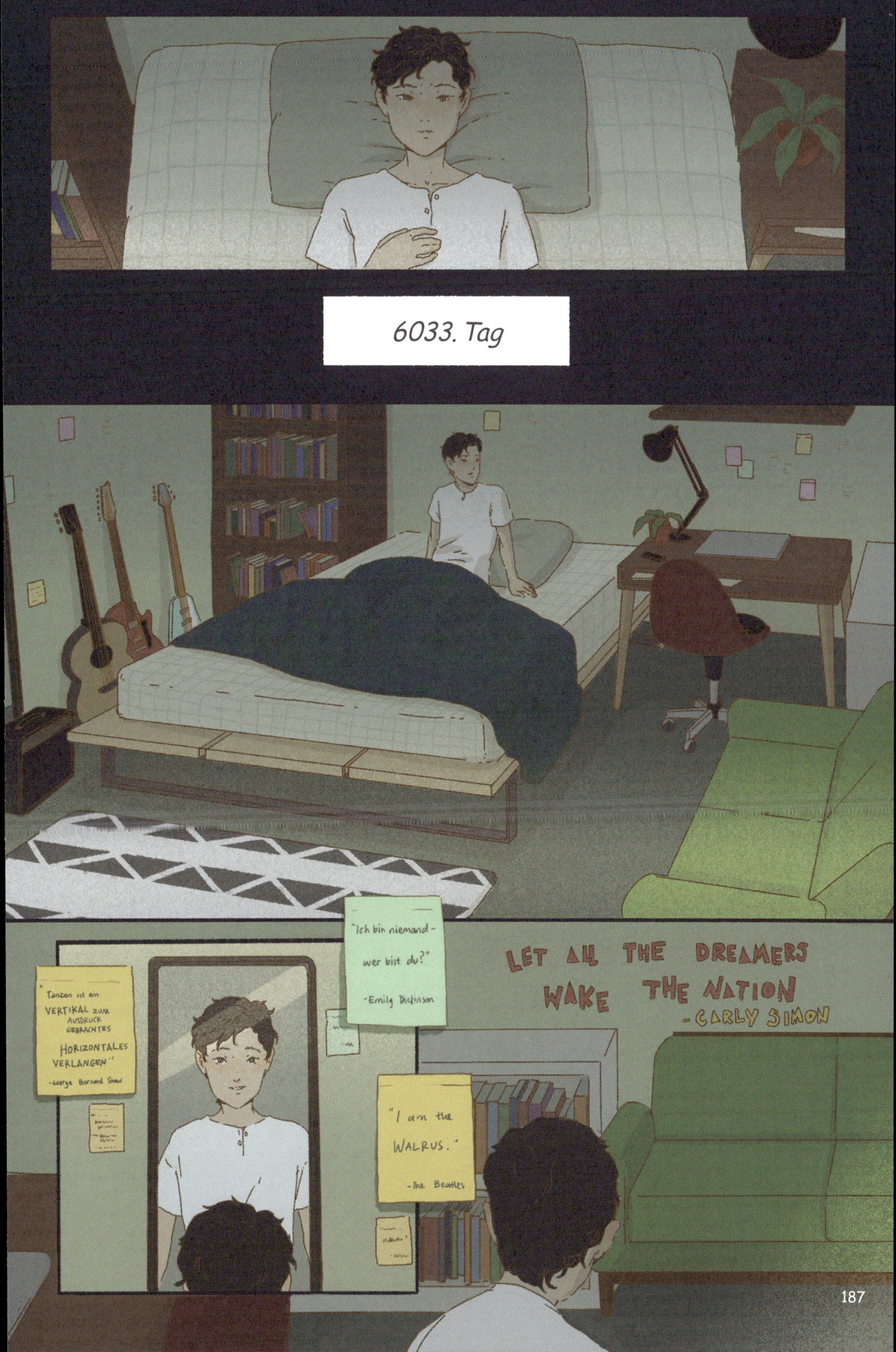
6033. Tag
"Tanzen ist ein VERTIKAL ZUM AUSDRUCK GEBRACHTES HORIZONTALES VERLANGEN"
-George Bernard Shaw
"Ich bin niemand - wer bist du?"
-Emily Dickinson
LET ALL THE DREAMERS WAKE THE NATION
-CARLY SIMON
"I am the WALRUS."
-The Beatles

Kommst du übers Wochenende auch sicher allein zurecht, Alexander?
Ich denke mal, das hier wird reichen, aber wenn du noch was brauchst, nimm dir einfach Geld aus dem Umschlag.
Einen Moment!
ALLES GUTE ZUM HOCHZEITSTAG!

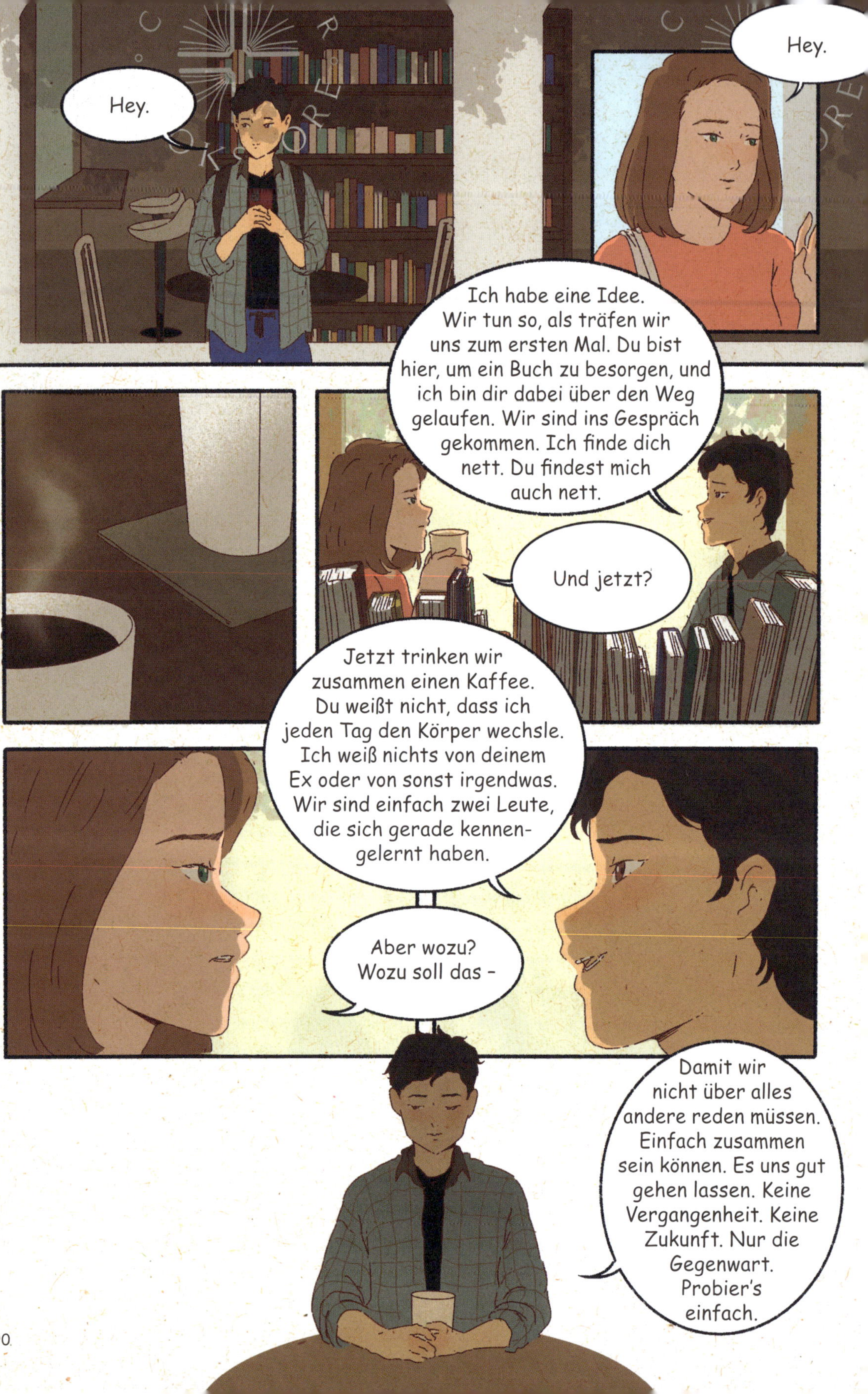

Hey.
Hey.
Ich habe eine Idee. Wir tun so, als träfen wir uns zum ersten Mal. Du bist hier, um ein Buch zu besorgen, und ich bin dir dabei über den Weg gelaufen. Wir sind ins Gespräch gekommen. Ich finde dich nett. Du findest mich auch nett.
Und jetzt?
Jetzt trinken wir zusammen einen Kaffee. Du weißt nicht, dass ich jeden Tag den Körper wechsle. Ich weiß nichts von deinem Ex oder von sonst irgendwas. Wir sind einfach zwei Leute, die sich gerade kennengelernt haben.
Aber wozu? Wozu soll das –
Damit wir nicht über alles andere reden müssen. Einfach zusammen sein können. Es uns gut gehen lassen. Keine Vergangenheit. Keine Zukunft. Nur die Gegenwart. Probier's einfach.

Freut mich sehr, dich kennenzulernen.
Die Freude ist ganz meinerseits.
BOOKSTORE
Und jetzt?
Ich möchte dir meinen Lieblingsort zeigen. Aber erst besorgen wir uns was zu essen.

Ist das
eine gute Idee?
Ich rufe besser meine Mom an und sage ihr, dass ich bei Rebecca zu Abend esse.
Sag ihr, dass du über Nacht bleibst.
Vertrau mir. Ich weiß, was ich tue.
Rebecca wird bestimmt fragen, was läuft.
Sag ihr, dass du einen Typ kennengelernt hast.
Einen Typ? Gerade eben?
Alexander, ein Junge, gerade eben.

Komm, ich will dir was zeigen.
Zeit fürs Abendessen.

Soll ich den Tisch decken?
Nein, ich will doch mit dir zu meinem Lieblingsort, schon vergessen?

Echt super.
Was ist?

Das.
Da.
Ich muss dir etwas sagen.

… er hat also gesagt, du könntest vielleicht bleiben?
Ja. Aber selbst wenn das stimmt … ich kann es nicht.
Das kannst du nicht machen! Kommst einfach angerauscht, bringst mich hierher, erzählst mir das alles – und sagst dann, daraus wird nichts. Das ist grausam, A.
Ich müsste die Person auslöschen, die ich ersetzt habe. Zu bleiben, bedeutet Mord. Keine Liebe kann das ausgleichen.
Ich weiß. Deswegen ist das hier ein erstes Date. Unsere allererste Begegnung.

Wie kannst du so was sagen? Wie kannst du alles andere ausradieren?
Er ist ein netter Typ. Vielleicht sogar ein Supertyp.
Heute habt ihr euch kennengelernt. Heute ist euer erstes Date. Er wird sich erinnern, dass er im Buchladen war und dich da gesehen hat …
… dass er dich sofort anziehend fand, nicht nur, weil du schön bist, sondern weil er deine Stärke spürte. Deinen Drang, ein Teil dieser Welt zu sein.
Er wird sich an euer Gespräch erinnern, wie leicht und spannend es war.
Er wird sich erinnern, dass er dich gefragt hat, ob du Lust hättest, noch was zu unternehmen.
Der Supermarkt, wie er dir sein Zimmer gezeigt hat …
Das wird alles noch da sein, ich muss nichts daran ändern.
Er wird sich erinnern, dass er dir seinen Lieblingsort zeigen wollte und dabei hieran gedacht hat.
Sein Puls ist mein Herzschlag. Der Puls ist derselbe. Er wird dich verstehen. Eure Herzen sind von der gleichen Art.

Aber was ist mit dir?
Ich hoffe, du findest alles in ihm, was du in mir findest. Ohne die ganzen Verwicklungen.
Ich kann nicht einfach so um- schalten.
Ich weiß. Er wird dir jeden Tag beweisen müssen, dass er dich verdient hat. Und wenn er das nicht tut, dann war's das. Aber es wird schon hinhauen.
Warum machst du das?
Weil ich gehen muss, Rhiannon. Diesmal wirklich. Ich muss weit fort. Um bestimmte Dinge herauszufinden. Und ich kann nicht ständig in dein Leben treten. Du brauchst mehr als das.
Dann ist das jetzt das Ende?
In mancher Hinsicht ja. In anderer der Anfang.

Ich liebe dich, wie ich noch nie jemanden geliebt habe.
Ich habe auch noch nie jemanden so geliebt.
Aber du wirst wieder so lieben.
Ich möchte neben dir einschlafen.
Okay.

Daran sollst du dich morgen erinnern.
Ich werde mich an alles erinnern.
Ich auch.

Wie es ist, sie in den Armen zu halten.
Die Welt gemeinsam mit ihr zu erleben.
Wie vollkommen dieser Tag war, Alexander.

6034. Tag

Danksagung

Von David Levithan:
Danke an alle Leserinnen und Leser, Freundinnen und Freunde, die mit mir über den Roman gesprochen haben, auf dem diese Graphic Novel basiert – diese Gespräche haben mit Sicherheit das ihre dazu beigetragen, wie ich das Buch jetzt sehe und wie sich die Adaption gestaltete. Danke an Nancy Hinkel, die Lektorin des ursprünglichen Buchs, und an Marisa DiNovis, die Lektorin dieser Version, sowie an alle anderen bei Random House Children's Books, die A's Geschichte mit Leben erfüllt haben. Schließlich Dank an und Hut ab vor Dion MBD, der diesem Teil der Geschichte so viel Schwung verliehen hat. Es freut mich sehr, dass sich ein Zitat aus dem Buch mit deiner Kunst verknüpft hat und dass ich es auf Twitter gesehen habe, wo ich kaum je bin.

Von Dion MBD:
Ewig dankbar bin ich: meiner Partnerin Fanny, die sich in unserer wertvollen Zeit genauso wie ich mit diesem Projekt beschäftigt und mich stets daran erinnert hat, genug zu trinken; Mamah und Ayah, die mir Raum zur Konzentration ließen, als ich bei ihnen wohnte; und meinen Assistentinnen und Assistenten Shania, Nat und Nao, die mir halfen, dieses Projekt zu vollenden, ohne dass ich zur Physiotherapie gehen musste.